아들의

밤

한느 오스타빅 지음

함연진 옮김

아들의

밤

열아홉

내가 어른이 되면 우리는 기차를 타고 떠날 것이다. 되도록 아주 멀리. 창문으로 언덕과 마을 그리고 호수를 바라보며 낯선 나라에서 온 사람들에게 말을 건넬 것이다. 우리는 언제나 함께 있을 것이며 영원히 우리의 길을 갈 것이다.

그녀는 일주일에 책을 세 권 읽었다. 가끔은 네 권에서 다섯 권까지 읽을 때도 있었다. 이불을 개어 놓고 따뜻한 잠옷을 입은 채 침대에 걸터앉아 커피를 마시고 담배를 실컷 피우며 책을 마음껏 읽을 수 있기를 그녀는 언제나 간절히 바랐다. 텔레비전이 없었다면 그렇게 할 수도 있었을 것이다. 이제 텔레비전 보는 일은 결코 없을 거라고 그녀가 혼잣말했지만 욘은 받아들이지 않을 것이다.

그녀는 빙판길에서 회색 트롤리를 끌고 뒤뚱거리며 걸어가는 노파와 거리를 충분히 유지했다. 어둠이 내리고 길가에 눈이 쌓여 빛을 가리자 비베케는 생각에 잠겼다. 그제야 그녀는 헤드라이트 켜는 일을 깜빡했으며 집으로 오는 내내 불 꺼진 차를 운전했다는 사실을 깨달았다.

그녀는 헤드라이트를 켰다.

욘은 눈을 깜빡이지 않으려 노력했다. 그렇게 하는 것은 그에게는 매우 힘든 일이었다. 급기야 눈 주변 근육이 경련했다. 그는 침대에 무릎을 꿇고 앉아 창밖을 유심히 내려다보았다. 사방이 고요했다. 그는 비베케가 집에 오기를 기다리고 있었다. 같은 장소에 시선을 고정한 채 침착하게 눈을 뜨고 있으려 애썼다. 눈은 적어도 일 미터가량 쌓여 있었다. 눈 밑에는 쥐가 살고 있었다. 쥐들에게도 오솔길과 터널이 있었다. 쥐들도 서로 방문하고 음식을 가져다줄지 모른다고 욘은 상상했다.

자동차 소리. 기다리는 동안에는 그 소리를 결코 떠올리지 못했다. 깜박 잊고 있었네. 그는 중얼거렸다. 하지만 생각을 멈추고 난 뒤에도 기다리는 사이사이 소리는 다시 환기되었다. 그러다 차가 오면 순식간에 그것을 알아차렸다. 사실 그는 배로 그 소리를 들었다. 소리를 인식하게 된 것 역시 귀가 아닌 배였다고 그는 생각했다. 소리가 들리기 무섭게 창문 한쪽으로 차가 보였다. 그녀의 파란색 차가 눈 쌓인 둑 뒤에 있는 커브를 돌아 나오고 있었다. 그녀는 집 안쪽으로 차를 돌려 작은 경사로가 난 집 정문 앞까지 운전했다.

엔진 소리가 요란했다. 그 소리가 방을 가득 채우고 나서야 그녀는 엔진을 껐다. 그는 현관문이 열리기 전에 그녀가 자동차 문을 쾅 닫는 소리를 듣고 문이 다시 닫힐 때까지 몇 초가 걸리는지 세어 보았다.

매일 똑같은 소리.

비베케는 쇼핑한 물건을 홀 안으로 밀어 넣고 몸을 굽혀 부츠를 벗었다. 추위에 손이 약간 부어 있었다. 자동차 히터가 고장 났기 때문이다. 지난주 그녀가 슈퍼마켓에서 집까지 태워다 준 동료는 그런 고장을 싼 값에 수리해 주는 사람을 알고 있다고 말했다. 비베케는 그 말을 떠올리며 미소 지었다. 그녀는 돈이 그리 많지 않았으며 설사 여유가 있다 해도 차를 구입하기에는 역부족이었다. 차는 그저 A에서 B로 데려다주기만 하면 문제될 것이 없었다.

그녀는 거울 아래 있는 테이블에서 우편물을 집어 들었다. 바쁜 하루를 보내고 난 평소와 다름없었지만 왠지 모르게 몸이 뻣뻣한 느낌이 들었다. 그녀는 잠시 서서 어깨를 들썩이며 목을 길게 펴 보았다가 허리를 숙이고 숨을 크게 내쉬었다.

이윽고 그녀가 코트를 벗자 온은 생각에 잠겼다. 거울 앞 현관에 서 있는 그녀를 떠올리고 그녀가 옷걸이에 코트를 걸고 나면 자신을 바라볼 것이라 상상했다. 그녀는 몹시 피곤할 것 같았다. 그는 성냥갑을 열고 가운데에 놓인 성냥 두 개를 꺼내 중간 부분을 꺾은 다음 눈꺼풀이 깜박이지 않도록 쐐기 모양으로 조심스럽게 지탱시켰다. 비베케는 기분이 좋을 때면 그에게 커가면서 점점 괜찮아질 것이라 말했다. 성냥개비가 통나무처럼 시야를 가려 앞이 잘 보이지 않았다. 그는 기차 선물 세트를 떠올렸다. 내내 그 생각이 떠나지 않았다. 사실 그가 무엇을 생각하는지는 그리 중요하지 않았다. 기차는 항상 기적을 울리며 굽이진 길 쪽으로 기울어 그의 마음속으로 달려 들어와 힘차게 지나갔다. 그는 그녀의 얼굴을 마사지해 줄 수도 있었다. 체육 시간에 배운 대로 뺨과 이마를 문질러 주면 그녀에게 좋을 것이라 생각했다.

그녀는 가방을 가지고 부엌으로 가 우편물을 테이

블에 던져 놓고 냉장고를 채운 다음 찬장에 통조림 몇 개를 넣었다. 오늘 눈이 갈색에 머리카락이 검은 건축과 엔지니어가 문화기획안 발표장에서 그녀 맞은편에 앉았다. 지역의 새로운 예술·문화 담당자로서 그녀가 맡은 첫 번째 프로젝트. 그녀가 강력하게 주장한 대로 표지는 지역 예술가의 영감 어린 그림을 넣어 컬러로 인쇄했다.

그녀는 잠시 식탁 앞에 앉아 유리잔에 물을 따라 마셨다. 일은 잘 진행되었고 발표 뒤 사람들은 그녀에게 다가와 한배를 타게 되어 매우 기쁘다고 말했다. 그녀의 존재가 새로운 비전을 불러일으켰다고 이야기했다. 눈이 갈색인 엔지니어는 발표 중 몇 가지 포인트에서 그녀에게 미소를 보냈다. 질의응답 시간에는 특별히 부서 간 협력을 증진할 필요성에 관해 언급했다.

그녀는 얼굴로 흘러내린 머리카락을 쓸어낸 뒤 어깨 앞쪽에 모아 매만지며 드디어 머리가 길게 자랐다는 사실에 매우 즐거워했다.

욘은 위층에서 그녀의 발소리를 들었다. 신발 소리. 비베케는 항상 실내에서 신발을 신었다. 굽이 낮은 샌들. 그는 성냥을 꺼냈다. 성냥갑에 성냥개비를 그어 불을 붙인 다음 그것이 다 탈 때까지 끄지 않은 채 붙들고 싶었다. 작업용 스커트와 립스틱. 그녀는 집에 돌아오면 늘 목 부분에 지퍼가 달린 회색 조깅복으로 갈아입었다. 그녀는 지금쯤 새로운 모습으로 변해 있겠지. 안쪽이 아주 부드러워. 와서 만져 봐. 그들이 이사 왔을 때 그녀는 그에게 슬리퍼를 주었다. 출근 첫날 일을 마치고 꽃무늬 종이로 싸서 집으로 가져온 것이었다. 그녀가 그 슬리퍼를 던져 주는 바람에 그는 공중에서 잡아야 했다. 가죽으로 된 바닥에 발목까지 오는 모직 슬리퍼. 그 슬리퍼는 금속으로 된 클립으로 잠그게 되어 있었다. 클립이 잘 잠기지 않으면 걸을 때마다 달그락거리는 소리가 났다.

비베케는 유리잔을 테이블에 내려놓았다. 그녀는 창으로 물끄러미 어둠을 내다보고 있었다. 집들 사이로 가로등이 켜져 길을 환히 비췄다. 북쪽으로는 마을을 통과하는 도로가 고속도로로 이어졌다. 그것이 일종의 원 같다는 생각이 들었다. 사람들이 마을로 들어오면 시의회 사무실과 상점들을 지나 주택가를 통과한 뒤 고속도로를 타고 남쪽으로 내려가다 다시 마을 쪽으로 돌아올 수 있기 때문이다. 대부분 집의 거실 창문은 하나같이 도로를 향했다. 순간 그녀는 서로 어우러지는 방식으로 건축을 이야기할 필요가 있다고 생각했다. 마을 전체가 숲을 뒤에 두고 있었다. 그녀는 종이에 키워드 몇 개를 급히 썼다. 신분, 자부심. 미학. 정보.

그녀는 앞방으로 들어갔다. 소파 위에는 흰색 원 무늬가 있는 회색 양모 덮개가 있었다. 뒷면은 흰 바탕에 회색 원이 있었다. 그녀는 덮개를 들고 팔걸이의자를 창문 아래에 있는 패널 히터 쪽으로 밀고 갔다. 그녀는 작고 둥근 테이블에서 논픽션 책을 한 권 집어 들었다.

책은 표지가 왁스로 코팅되어 감촉이 좋았다. 그녀는 왼손으로 표지를 매만지고는 책을 폈다. 몇 줄 읽고 나서 무릎 위에 내려놓고 몸을 뒤로 기댄 채 슬며시 눈을 감았다. 그녀는 동료들의 얼굴과 사무실에 들렀던 사람들을 떠올렸다. 얼마나 멋져 보이던지. 그녀는 마음속으로 그 상황들을 재현하며 표정과 몸짓을 반복했다.

욘은 문간에 서서 그녀를 바라보고 있었다. 눈을 깜박이지 않으려 애썼다. 그는 그녀에게 자신의 생일에 대해 물어보고 싶었다. 내일이면 아홉 살이 되기 때문이다. 그는 기다릴 수 있다고 자신에게 말했다. 더구나 그녀는 지금 자고 있지 않은가. 그녀의 무릎에 놓인 책. 그런 모습은 그에게 익숙했다. 책과 거실 바닥에 놓인 램프의 밝은 빛. 종종 그녀가 담배에 불을 붙이면 그의 시선은 천장을 향해 둥글게 말리는 연기를 따라갔다. 그녀의 길고 까만 머리카락은 의자 뒤로 펼쳐져 거의 알아볼 수 없을 정도로 미세하게 흔들리고 있었다. 내 머리를 좀 쓰다듬어 주겠니, 욘?

그는 돌아서서 부엌으로 나가 찬장에서 비스킷을 꺼냈다. 그것을 통째로 입 안에 넣은 뒤 부수지 않고 부드럽게 녹여 먹었다. 그는 다시 계단을 내려가 자기 방 침대에 무릎을 꿇고 앉았다. 그러고 비스킷을 창턱에 정렬했다. 그는 밖에 쌓인 눈을 바라보며 눈송이 하나하나가 모여 눈덩이가 되는 모습을 떠올렸다. 눈송이가 얼마나 많을지 머릿속으로 헤아려 보았다. 오늘 학교에서도 친구들과 눈송이에 대해 이야기했다. 그것은 얼음 결정체라 했다. 어느 것 하나도 똑같지 않았다. 눈덩이 속에는 결정이 얼마나 많이 들어 있을까? 창유리 위에는? 또 눈 입자 속에는?

비베케는 눈을 떴다. 그녀는 거실의 큰 창문으로 자동차 한 대가 길을 따라 사라질 때 보이는 빨간 꼬리 모양의 불빛을 바라보았다. 운전자가 누구일까 하는 궁금증이 일자 이내 그녀가 알고 있는 모든 사람이 마음속을 하나씩 스치고 지나갔다. 혹시 그 엔지니어? 틀림없이 그 사람일 것이라는 생각이 들었다.

그녀는 일어나 시간을 확인한 뒤 부엌으로 나가 물을 불에 올리고 양파를 반으로 잘랐다. 물이 끓어오르자 부엌 선반 고리에서 소스 팬을 빼내 양파 반쪽과 소시지를 넣었다. 그리고 라디오를 켰다. 인터뷰 프로그램이 진행되고 있었다. 그녀는 귀담아듣지 않았다. 목소리들이 앞뒤로 바뀌면서 일종의 멜로디를 만들어 내고 있었다. 그녀는 식탁에서 접시를 치웠다. 테두리를 따라 찌꺼기가 약간 붙어 있었고 바닥에는 우유 앙금이 남아 있었다. 그녀는 여전히 짧은 치마를 입고 있었다. 몇 년 동안 그 치마를 입어왔는데도 여전히 엉덩이와 허벅지에 잘 맞아 떨어졌다. 얇아서 속이 비치는 스타킹은 그녀가 자신에게 허용하는 사치품이었다. 대부분 사람은 날씨에 맞춰 옷을 입는다. 그녀는 종종 두꺼운 타이츠 위에 하나를 더 껴입고 출근한 뒤 화장실에서 벗었다. 대충 입고 다니기에는 인생이 너무 짧았다. 차라리 춥고 말지.

　그녀는 수돗물을 틀어 놓고 수세미로 접시에 들러붙은 찌꺼기를 닦아냈다. 욘은 학교에서 돌아오면 간식을 즐겼다. 주로 비스킷이나 콘플레이크를 먹었다. 때로 간식을 먹으면서 라디오를 들었고 가끔 스위치

끄는 일을 잊었다. 그녀는 퇴근하고 집에 돌아와 부엌에서 사람 목소리를 들은 적이 여러 번 있었는데 그럴 때마다 욘의 손님이 온 모양이라고 짐작했다.

인터뷰 프로그램이 끝나자 노래가 흘러나왔고 그 곡을 부른 그룹을 아는데도 이름이 혀끝에서만 맴돌았다. 그녀는 지금껏 살아오면서 그 이름을 온전히 떠올리지 못했다. 인생 자체보다 강렬하고 진정한 인상을 남기는 좋은 책, 크고 두꺼운 책을 옆에 끼고 앉아 있고 싶은 유혹이 언제나 더 컸기 때문이다.

직장에서 열심히 일한 뒤에는 그런 행복을 누릴 자격이 충분하다고 그녀는 중얼거렸다.

욘이 와서 앉았다. 침대는 창문 아래쪽 히터 옆에 있었다. 침대에 누우면 옆구리에 온기가 느껴졌다. 침대 머리맡의 벽 옆에는 파란색 선반 세트가 놓여 있고 그 위에는 라디오, 잡지, 끈적이는 테이프 한 롤, 횃불, 물총 등 다양한 물건이 올려져 있었다. 욘은 라디오를 켜고 채널을 돌리며 좋아하는 음악을 찾았다. 다른 악기로 연주되는 음악을 고르려 했다. 기타 소리는 늘 유령 같다고 생각했다. 누군가가 그렇게 말하는 것을 들은 적도 있다. 유령 같은 기타들.

욘은 침대에 누워 눈을 감았다. 아무것도 생각하지 않으면 불 꺼진 커다란 방 안에 있을 때처럼 머릿속이 완전히 깜깜해질 것이라 생각했다.

마침내 그녀는 그 그룹 이름을 기억해 냈다. 물론 혼자서 이야기할 뿐이었다. 이어 학창시절 시험이 끝난 뒤 파티 장면이 떠올랐다. 그녀는 자신보다 어리고 머리를 묶은 남학생과 같은 노래에 맞춰 춤췄다. 그는 그녀 뒤에서 팔을 두른 채 아주 저속하게 보일 정도로 엉덩이를 흔들어 댔다.

그녀 입가에 미소가 번졌다.

그녀는 찬장에서 랩으로 싸인 효모를 쓰지 않은 빵 한 봉지와 소시지를 찍어 먹을 포크를 꺼내고 문 쪽으로 고개를 내밀어 욘을 부른 뒤 냄비 받침을 찾아 테이블에 올려놓았다. 촛불을 켤 생각으로 서랍을 뒤져

보았지만 틀림없이 다 떨어졌을 것 같았다. 얘는 뭐하
는 거지? 이번에는 계단에서 그를 다시 불렀다. 아무
런 대답이 없자 그녀는 그의 방으로 내려갔다.

그는 꿈속에서 다른 아이들과 농구를 하고 있었다.
해가 떠 있어서 날이 매우 더웠다. 그가 던진 슛이 모
두 들어갔다. 그는 의기양양해 비베케에게 알리려고
집으로 뛰어 들어왔다. 그녀는 부엌에서 조용히 나오
고 있었다. 그녀에게 농구 게임을 이야기하기 시작했
지만 그녀가 웃는 모습이 너무 이상해서 그는 방으로
돌아갔다. 계단의 팔꿈치 모양으로 된 지점에서 그는
그녀와 똑같이 생긴 여자를 만났다. 그녀가 부드럽게
속삭이며 자기 쪽으로 오라고 손짓했다. 그가 그녀의
품 안으로 걸어 들어가자 또 다른 여자가 계단을 올라
왔다. 그녀가 비베케일지도 모른다는 생각에 그는 미
동도 없이 멈춰 서 있었다.

깨어나 보니 불빛에 온몸이 휘감긴 채 비베케가 문
간에 서 있는 모습이 보였다. 그녀는 저녁 식사가 준

비되었다고 말했다.

욘은 그녀를 따라 위층으로 올라갔다. 그들은 식탁 앞에 앉았다. 비베케는 라디오를 껐다. 식사하는 동안 그녀는 우편물을 뒤적였다. 욘은 그것이 대부분 가구 체인점과 대형 슈퍼마켓에서 온 광고 전단이라는 사실을 알았다. 그중에는 이동식 놀이공원이라고 인쇄되어 사진 설명이 곁들여진 전단도 있었다. 그는 그 전단에 다른 내용이 더 쓰여 있는지 물었다. 비베케는 소리 내어 읽어 주었다. 시의회 사무실 옆 운동장에 순회 놀이공원이 들어오고 그곳에 우주선과 그래비티휠 같은 놀이 기구들이 있다고 했다. 네가 탈 수 있는 기구는 아니라고 그녀가 덧붙였다. 그는 3D 게임도 있느냐고 물었다. 그녀는 그것이 확실히 무엇인지 몰랐다. 우주 게임 같은 거예요. 일종의 컴퓨터 게임인데 그 안에 있으면 우주 속을 마음대로 가로질러 돌아다니며 온갖 장애물을 헤쳐 나갈 수 있다고 욘은 설명했다. 비베케는 그 전단을 다시 읽어 보았다. 그런 내용은 없었다.

욘은 그녀가 저녁을 먹으며 계속해서 광고를 훑는 모습을 물끄러미 바라보았다. 그녀가 속이 꽉 찬 소시지를 씹을 때마다 껍질이 툭 하고 터지는 소리가 들렸다.

욘은 소시지를 하나 더 먹고 싶었다. 마치 숲 속의 통나무처럼 소시지가 그의 배 속에 차곡차곡 쌓여 언제라도 하나쯤은 더 들어갈 수 있다고 생각했다.

오랫동안 잊힌 곳에서 숲으로 통하는 길.

그 길을 찾아 따라가렴.

너를 위해 리본을 매달아 놓았단다.

나무들과 작은 언덕을 지나 멋진 옛 성으로 가렴.

성의 커다란 홀에서

세 명의 멋진 숙녀를 만나게 될 거야.

그들은 혹시라도 왕자님이 올까 봐

그곳에서 기다리고 있단다.

시간을 달래며 외롭고 애처롭게 콧노래를 부르며.

"그곳은 어떻게 생겼는데?" 그녀는 공주가 낯선 성

으로 끌려간 뒤의 이야기를 늘 궁금해했다. 말해 줘, 욘. 그는 그녀의 무릎 위에 앉아 열린 창문과 길게 흘러내린 커튼이 나부끼는 크고 텅 빈 홀을 설명한 일을 기억한다. 양초와 부드러운 양탄자. 내가 그걸 얼마나 좋아하는지 알지, 욘? 난 크고 밝은 방 안에 있으면 너무 행복해.

그는 창밖을 내다보았다. 길 건너편 집에 한 노인이 살고 있었다. 차가 없기 때문에 그 집 진입로는 다른 집들처럼 깨끗하지 않았다. 대신 노인은 늘 삽으로 눈 더미를 헤쳐 좁게 통로를 냈다. 그는 상점에 갈 때면 눈썰매를 이용했다. 시간이 많이 걸렸다. 욘은 노인이 간혹 멈춰 서서 잠시 쉬려고 자리에 앉는 모습을 본 적 있다. 요 며칠 사이에는 노인을 보지 못했다. 틀림없이 날씨가 너무 추웠기 때문일 것이다. 노인이 만든 통로는 다시 눈에 거의 묻혔다. 상점 여자가 자신의 작은 차를 타고 와 있었다. 그녀는 엔진을 켜놓은 채 무릎을 높이 들어 눈을 헤치며 그 집으로 다가갔다. 욘은 그녀가 문틈으로 쇼핑백 한 쌍을 건넨 뒤 비탈을 따라 길에 세워 둔 자동차로 돌아가는 모습을 보았다.

비베케는 다른 빵 봉지로 손을 뻗으며 자신의 손등을 바라보았다. 손가락이 제법 길어 보였다. 그녀의 시선이 손등에 난 힘줄을 따라갔다.

실내 공기로 피부가 많이 건조해져 스페놀 보습제만 효과가 있었다. 손톱과 머리카락 모두 추위로 건조하기는 마찬가지였다.

시내는 마을에서 그리 멀지 않았지만 그녀는 마지막으로 그곳에 들른 지 꽤 오래된 듯했다. 그때가 언제였는지 기억을 더듬어 보았다. 욘, 그만하렴. 아마 일주일이 넘었을 거야. 지지난 주 토요일. 물론 책방에 들렀지. 또 어디에 갔더라? 그녀와 욘은 금연 구역에서 케이크를 먹었다. 플라스틱 티룸은 얼마나 끔찍하던지. 시내에는 좀더 그럴듯하게 디자인된 카페가 있어야 하는데 제대로 된 출입구조차 없는 집 같았다. 그만해, 욘. 새 옷을 산 지 꽤 오래되었다고 생각했다.

그녀는 새 옷을 장만할 수 있었고 변화에 맞춰 어떤 일도 해낼 수 있었다. 그럴 만한 자격도 충분했다. 아무 때나 그렇게 눈 찡그리지 말라고 했지, 욘. 꼭 생쥐처럼 보인단 말이야. 그녀는 어느 세미나에서 어떤 여자가 입고 있던 베이지 색깔의 통이 좁고 수수한 치마가 떠올랐다.

욘은 창문 옆 벽에 걸린 사진을 쳐다보았다. 검은 테두리 안에 담긴 마을의 항공 사진이었다. 사진은 이사 왔을 때부터 거기에 있었다. 그는 소시지를 하나 더 씹으며 사진을 곰곰이 살펴보았다. 길이 직선으로 나 있었다. 오래되어 색도 바래기 시작했지만 사진을 찍었을 때 좀더 새롭게 보였을 모습을 제외하면 그때나 지금이나 별반 차이가 없었다. 그는 그 많은 집에 누가 살고 있는지 생각해 보려 했지만 그가 아는 집은 같은 반 아이들이 살고 있는 집들뿐이었다. 사진을 오랫동안 뚫어지게 쳐다보면 그 아이들이 집 밖으로 나와 만화에서처럼 움직이기 시작할 것 같았다.

그의 반 아이들 가운데 한 명은 이 주 전 제트 전투기 조립 세트를 생일선물로 받았다. 욘은 기차 세트를 바랐다. 메르클린 기차. 긴 트랙과 그가 바라는 엔진 등 부품 몇 개만 있으면 기차를 출발시킬 수 있었다.

그의 책가방에는 스포츠 클럽을 위한 복권 묶음이 들어 있었다. 저녁을 다 먹고 나면 사진에 보이는 집들을 돌아다니며 티켓을 팔 작정이었다.

비베케가 벌떡 일어나 접시와 유리잔들을 카운터 위로 치웠다. 그녀는 욘이 의자에 무릎을 꿇고 식탁을 가로질러 몸을 앞으로 기울인 채 포크로 마지막 소시지를 집으려는 모습을 물끄러미 바라보았다. 욘은 자신이 꾸며 낸 우스운 이야기를 들려주었다. 창밖으로 몸을 던졌지만 땅에 닿지 못하고 중간에 걸려 매달린 남자 이야기였다. 그녀는 그 이야기가 조리 있다고 생각하지 않았다. 그는 포크로 소시지를 꽂아 들어 올리고 둘로 나누어 그녀에게 반을 주었다. 그녀는 웃어 보였다. 그들은 마지막에 남은 음식을 항상 그런 식으로 먹어치웠다.

욘은 뭔가 기다리듯 팔꿈치에 체중을 싣고 자리에 머물렀다. 머리에 후드를 쓴 채 위층에 매달려 고문을 당하는 모습이 담긴, 어느 잡지에서 본 사진에 관해 그녀에게 말하고 있었다. 팔이 밧줄로 묶이고 막대에 매인 채 너무 오래 매달려 있어 몸에서 찢어져 나갈 듯했으리라고 욘은 말했다. 그녀는 생각했다. 차라리 그냥 나가서 놀거나 다른 할 일이라도 찾아보는 게 어때?

"네가 고통받는 사람들을 생각해 보면 좋겠어. 다른 사람들도 그런 생각을 해본다면 세상은 훨씬 살기 좋아질 거야."

그녀가 그의 머리 위로 팔을 뻗어 손을 폈다.

"친구 좀 사귀었니?"

그의 머리카락은 멋지고 부드러웠다.

"욘, 사랑하는 욘."

그녀는 손을 뚫어지게 쳐다보며 그 동작을 반복했다. 손톱에 발린 분홍빛이 약간 도는 매니큐어는 창백

하고 모래 빛을 띠었다. 그녀는 직장에서 정숙하게 행동하는 것을 좋아했다. 분명히 가방에 들어 있을 화장품 세트를 기억해 냈다. 자두색, 아니 와인색이었나? 짙은 색의 섹시한 립스틱과 같은 색조를 띤 매니큐어. 눈이 진갈색인 그 남자와 데이트할 수 있다면 하는 생각에 입가에 작게 미소가 번졌다.

용은 현관에서 책가방을 집어 들었다. 점심 도시락이 담긴 작은 앞주머니에서 복권 묶음을 꺼냈다. 목이 긴 회색 신발을 신기 전에 양말을 한 켤레 더 신었다. 외투를 입고 파란 목도리를 둘렀다. 그는 털모자를 눌러 쓰고 거울에 비친 자기 모습을 바라보았다. 이러면 안 될 것 같았지만 그만둘 수 없었다. 이미 용은 그녀의 코트 주머니를 뒤지고 있었다. 영수증 몇 장과 오래된 버스표 사이로 얼마 안 되는 돈이 보였다. 그는 현관에서 나갔다 오겠다고 소리쳤다.

용은 현관문을 열고 계단에 잠시 서 있었다. 날씨가 얼마나 추운지 숨을 들이쉬자 코에서 한기가 느껴졌다.

욘은 비베케의 차 길이만큼 지나쳐 가고 있었다. 그는 잠시 멈춰 서서 무릎 사이에 복권 묶음을 단단히 끼운 채 차 트렁크 위에서 눈을 긁어모아 두 손바닥으로 꽉 눌렀다. 눈덩이는 파우더처럼 메말라 형편없었다. 벙어리장갑에 묻은 눈을 후 불어서 날리고 손뼉을 치자 바삭거리며 큰 소리가 났다. 소리는 추울 때 무중력 상태가 된다. 모든 것이 그렇다. 자신이 공기 방울처럼 언제든 하늘로 날아올라 이내 푸른 하늘로 사라질 것만 같았다.

그는 복권을 손에 들고 길을 건너 앞집 노인이 눈을 치운 진입로를 걸어 올라갔다. 발밑에서 눈이 부스러지는 소리가 들렸다. 처마 밑에 장작을 쌓아 놓은 정문 옆까지는 경사진 길이었다. 통나무 사이에 있던 눈이 바람에 흩날렸다. 실외등은 꺼져 있었다. 욘이 초인종을 더듬어 눌렀지만 소리는 나지 않았다. 만물이 잠들어 있는 듯했다. 바로 그때 노인이 문을 열어 주었다. 욘은 빠르게 뛰어 들어갔다.

"제게 복권이 있는데 사시겠어요? 스포츠 클럽용이에요." 욘이 복권 묶음을 내밀며 물었다.

노인은 그를 쳐다보고는 시선을 도로 쪽으로 휙 던졌다. 꽤 오래전부터 차가 다니지 않았고 사람들이 걸어 돌아다니기에도 날씨가 너무 추웠다. 그는 욘에게 안으로 들어오라고 손짓했다. 그리고 곧바로 문을 닫고 다른 문으로 집 안에 들어갔다. 욘은 발을 굴러 눈을 떼어 내고 그의 뒤를 따라갔다.

그들은 작은 부엌이 있는 거실로 들어갔다. 조리대

위에는 작은 텔레비전 세트가 놓여 있었다. 흑백 영화가 소리 없이 나오고 있었다. 노인은 발을 질질 끌며 화덕으로 가더니 한쪽 무릎을 뻣뻣하게 구부렸다. 그는 통나무 하나를 불 속에 집어넣고 스웨터로 손을 감싼 채 찢어지는 소리와 함께 통풍구를 열고는 돌아서서 욘을 바라보고 웃었다.

"저렇게 하면 잠깐은 계속 탈 거야. 사람들이 이 늙은 까마귀를 보러 오는데 얼어붙게 할 수는 없지."

창문 옆의 흔들의자는 아직도 약간 움직이고 있었다. 초인종이 울렸을 때 노인이 거기에 앉아 있었을 것이라 욘은 생각했다. 내가 오는 걸 보셨을지도 몰라.

"스포츠 클럽용이라고 했지?" 노인은 카운터 주변을 맴돌다 서랍을 열었다. 그는 욘이 가지고 있는 복권이 몇 장이며 가격은 얼마인지 물었다. 욘은 그에게 답했다. 노인은 지갑을 꺼내 복권을 모두 사겠다고 했다. 그는 묶음 앞쪽에 자기 이름을 쓰고 모든 복권의 괄호 안에 중복 부호를 표기했다. 그렇게 하면 시간이 많이 걸릴 텐데. 욘은 주위를 둘러보았다.

흔들의자 위의 벽에는 타원형 액자 세 개에 오래된 초상화들이 걸려 있었다. 사진은 그 안에 있는 사람들이 조금씩 사라지기라도 하듯 가장자리가 다소 흐릿했다. 부엌 구석에는 낚싯대가 있었다. 욘은 그것이 파리 낚싯대가 아닌지 궁금했다. 지난해 비베케는 욘에게 파리로 낚시하는 법을 가르쳐 주겠다던 남자 친구를 사귀었다. 그는 우리 남자들 둘이서만 하는 거라고 말했다. 그는 지도를 꺼내 그들이 어디로 가는지, 강이 어디로 흐르는지 가르쳐 주며 다양한 모양의 연못을 설명하기도 했다. 넌 거기서 아주 큰 놈을 잡을 거야. 그는 미소 지으며 비베케를 올려다보았다. 그러던 어느 날 그는 사라졌다. 욘은 그들이 말다툼하는 소리조차 듣지 못했다.

노인은 욘에게 돌아서며 복권 묶음과 돈을 모두 건네주었다.

"여기에 새로 이사 왔지?"

"네, 이사 온 지 사 개월하고 사흘 됐어요."

욘은 가방에 돈과 복권 묶음을 넣었다. 무척 기뻤다.

"벌써 밖으로 나와 복권을 판다는 말이지, 응? 그 스포츠 클럽에서는 어떻게 하면 네가 일하게 만드는지 잘 알고 있는 거란다." 욘은 이제 막 가입했을 뿐이고 그래서 스케이트를 시작할 수 있게 되었다고 말했다.

노인의 머리카락은 분필처럼 하얗고 길고 가늘었으며 헝클어져 있었다. 욘은 노인이 잠에서 막 깨어난 것처럼 얼굴이 상기되어 보인다고 생각했다.

"너에게 보여줄 게 있단다."

"뭔데요?"

그는 눈을 깜박이지 않으려고 애썼다.

"보면 알 거야. 깜빡 잊었단다. 까맣게 잊고 있었어."

그는 문을 열고 손가락으로 스위치를 가볍게 눌렀다. 벽에 고정된 전구에서 불이 켜졌다. 욘은 지하실로 내려가는 계단을 바라보았다.

비베케는 욕실로 들어가 거울을 들여다보았다. 자신

의 겉모습으로 봐서 나름 좋은 하루를 보냈다는 사실을 알 수 있었다. 그녀는 기쁘고 활기에 넘쳤다. 자그마한 수정이 자신과 한 몸이 되어 오른쪽 콧방울에서 반짝였다. 그녀는 윙크로 답했다. 내 행운의 별. 그녀는 브러쉬를 집어 들고 길고 검은 머리카락이 거의 바닥에 닿을 때까지 몸을 구부렸다. 엉킨 머리칼을 조심스럽게 가지런히 정돈한 다음 두피에서 부드럽게 쓸어내며 매만졌다. 손질이 끝나자 그녀는 머리를 뒤로 젖혔다. 자신의 머리채가 얼굴을 애무하는 한 조각 구름처럼 보이기를 바랐다. 그녀는 거울을 보았다. 머리숱이 부족해 머리카락 가닥이 이마 쪽으로 이리저리 흘러내리고 있었다. 그녀는 도서관에 갈 수도 있겠다고 생각했다. 보통 토요일이 되어야 도서관에 가는데 오늘은 겨우 수요일이었다. 하지만 읽을 책도 이미 다 떨어진 상태였다. 그녀는 먼저 목욕하고 머리를 감은 뒤에 오늘을 즐기기로 마음먹었다.

용은 노인을 따라 계단을 내려갔다. 계단이 매우 가

팔라 노인은 한 번에 한 걸음씩 옮겼다. 계단 옆쪽에는 노인이 난간처럼 붙잡는 굵은 밧줄이 매달려 있었다. 계단 아래로 작은 통로가 있고 바닥에 인조 잔디가 깔려 있었다. 코를 찌르는 악취와 이상한 냄새가 났고 욘은 그것이 흙냄새라고 생각했다. 노인은 끝에 있는 문 앞에서 멈춰 섰다. 그는 욘을 돌아보며 손잡이를 잡았다.

그녀는 욕조에 물을 받는 동안 옷을 벗었다. 병 안에는 거품 목욕제가 하나도 남아 있지 않았다. 선반 위 상자에서 면봉을 꺼내 리무버로 매니큐어를 닦아냈다. 그녀는 물이 거의 찰 때까지 기다렸다가 수도꼭지를 잠그고 욕조 안으로 조심스럽게 들어갔다. 목욕물이 옆구리 쪽으로 철벅거리며 넘쳐흘렀다. 피부에 소름이 돋고 젖꼭지가 단단해졌으며 간지러운 느낌이 등골을 타고 내려갔다. 그녀는 부드럽게 몸을 숙였다. 따뜻한 물에 몸을 담글 때의 황홀한 기쁨이라니. 그녀는 생각했다. 그것은 가장 큰 행복이었다. 모든 면에서 그랬다. 그녀는 조금도 움직이지 않고 매 순간을 느끼며 욕조에 누워 있었다.

"이게 네 맘에 들 거다." 노인이 그에게 말했다.

벽에 간이침대가 걸쳐져 있고 바닥에서 천장까지 이어진 선반은 오래된 나무상자로 가득했다. 방에서 먼지와 곰팡이 냄새가 진동했다. 욘은 노인이 유럽 최초의 전기 열차인 구형 열차들을 가지고 있다고 생각했다. 오줌이 마려웠다. 노인은 바닥을 가로질러 선반 쪽으로 가더니 선반 중간쯤에서 상자를 하나 꺼내 그 안에 손을 깊숙이 집어넣었다. 가죽으로 된 개 목걸이와 쇠사슬이 벽에 걸린 고리에 매달려 있었다.

"이것 좀 보렴."

노인이 돌아서서 갈색 스케이트를 들어 올렸다.

"일일이 손으로 꿰매서 만든 거란다. 우리 아버지가 내게 선물로 주셨지."

그는 욘에게 스케이트를 내밀었다. 욘은 한 걸음 앞으로 다가가 손끝으로 가죽의 뻣뻣함을 느꼈다. 스케이트가 흔들리는 모습으로 보아 노인의 손이 떨리는 것 같았다.

"그 시절엔 사치품이었지. 쇠로 된 스케이트 날 위에 손수 가죽을 꿰맸으니. 당시 마을에 사는 어느 누구도 그런 걸 갖지 못했어. 나는 이 스케이트를 타고 카를로틀뢰페트 상을 수상했단다. 그때 로바니에미, 우츠조크, 네이덴 그리고 멀리 내륙 러시아에서 많은 젊은이가 왔어. 대회는 스토바넷 호수에서 열렸단다. 길이가 족히 천 미터는 되었지. 스탈린과 히틀러 그리고 그 끔찍한 혼란들이 모두 생겨나기 전이었어. 시커먼 얼음판 위에서, 눈이 내리기 전 물이 꽁꽁 얼 무렵에 말이야." 노인이 말했다.

비베케는 머리에 샴푸를 문지르고 미용사처럼 손가락으로 작게 원을 그렸다. 눈을 감아 모든 외부 자극을 차단했다. 그것들은 내면에서 세상을 감지하기 위해 그녀의 몸 안에 머무르기를 바랐다. 그녀는 자신이 간직했던 꿈을 떠올렸다. 어떤 남자가 말했지. '당신은 정말 멋져 보여.' 그들은 테두리가 금박으로 도금된 거울들이 있고 그 앞쪽으로 카펫이 깔린 계단 발치에 서 있었다. 화장실로 향하는 길에는 그윽하게 붉은 문들이 있었다. 그들은 계단 꼭대기에서 열린 파티에 참석 중이었다. 그곳은 많은 사람과 불빛, 왁자지껄한 목소리로 가득했다. 음악이 시끄러웠지만 아래층은 제법 조용했다. 남자는 문을 열고 들어와 그녀에게 "당신은 참 멋져 보여"라고 말했다. 그녀는 너무 흥분한 나머지 몸을 앞으로 기울여 그를 안았고 그는 그녀의 볼에 부드럽게 입 맞췄다. 그런 다음 그는 검은 정장과 흰 셔츠를 입은 채 회전문으로 사라졌다. 외투를 걸치지 않고 목에 얇은 모직 스카프만 두르고 있었다. 그녀는 거울에 비친 자신을 바라보며 잠시 서 있었다. 미소를 머금고 한창 들뜬 상태로. 좋은 기억은 그뿐이다. 나머지는 생각할 가치도 없었다. 파티가 끝났다. 불이 꺼지고 계단은 더 이상 보이지 않았다. 그녀는 공공 화장실에 홀로 남아 있었다. 코에 오줌 냄새가 가득했고

36

37

스타킹 신은 발에 바닥의 냉기가 끼쳤다. 그녀는 남자가 떠난 회전문을 지나 꽁꽁 얼어붙어 폐허 같은 아스팔트로 걸어 나왔다. 가로등 하나만 앞을 비추고 있었다. 담벼락에 출입문이 나 있었다. 그녀는 그것이 도로로 나가는 문일 것이라 생각하고 그곳으로 걸어갔다.

적어도 시작은 좋았다고 중얼거렸다. 이 기회에 파티를 열면 재미있겠지. 그녀는 동료들을 초대해 집에서 파티를 벌이고 싶었다. 어색한 분위기를 깨고 유대를 쌓는 거지. 촛불과 꽃다발로 꾸며진 거실을 상상했다. 반짝이는 눈빛과 웃음소리로 가득하겠지. 우리 집 거실에 말이야. 그녀는 어느 시구를 인용해 초대장을 멋지게 쓰고 싶었다.

샤워기로 머리에서 샴푸를 씻어 냈다. 수도꼭지를 잠그자 수도관이 덜덜 떨렸다. 그녀는 샤워 커튼을 한쪽으로 걷고 거울에 몸을 비춰 보았다. 수증기로 흐릿해진 모습을. 동료들이 뭘 마시고 싶어 할까? 그렇게 많은 사람을 대접할 잔도 없는데. 토요일 시내에 나가

잔을 몇 개 더 사야겠다. 그녀는 알록달록한 손잡이가 달린 유리잔과 그릇들을 본 적 있었다. 그 순간 다시, 그것들을 사면 돈을 지나치게 많이 써야 할지도 모른다는 생각이 퍼뜩 들었다. 그녀는 보아서 기분 좋고 단순하면서도 디자인이 멋진 그릇들을 찾아보기로 마음먹었다.

욘은 길을 건너 집으로 돌아왔다. 집에 들어선 뒤 문이 꼭 닫혔는지 확인했다. 문지방이 얼어 있었다. 그는 벙어리장갑을 벗어 구석에 있는 작고 하얀 바구니에 떨어뜨렸다. 외투를 걸친 채 아래층 방으로 내려가 노인에게 받은 복권 묶음과 돈이 든 가방을 내려놓았다. 욘이 그 집을 나설 때 노인은 현관 고리에 매달린 마른 햄을 조금 잘라 주었다. 그는 그것을 책상에 내려놓았다.

잠시 그곳에 서서 주변을 둘러보았다. 은하수와 행

성이 그려진 포스터, 파란색과 초록색 줄무늬가 그려진 벽지가 보였다. 티켓을 다 팔고 나니 안심되었다. 그는 줄곧 복권 묶음을 가지고 돌아다니는 일을 두려워했다. 이제 무엇을 해야 할지 망설여졌다. 눈을 깜박이지 않으려 했지만 그럴 수 없었다. 그는 뒷주머니에 초록색 물총을 넣고 다시 계단을 올라갔다. 거울 앞에서 자신이 얼마나 빨리 총을 뺄 수 있는지 시험해 보고 싶었다.

외투를 입고 있자니 덥고 땀까지 흘렸지만 그는 옷을 벗으려 하지 않았다. 자신이 눈을 깜빡일 때 어떤 모습일지 궁금했지만 알아낼 방법이 없었다. 아마도 누가 그의 사진을 찍어 보여줄 때에야 알 수 있을지 모른다. 욕실에서 비베케가 나왔다. 머리를 수건으로 감싸고 몸에 아무것도 걸치지 않고 있었다. 그는 그녀를 한 번 쳐다보고는 더 이상 보지 않으려 애썼다. "거기 있었구나, 욘." 그녀가 말했다. "난 네가 밖에 나간 줄 알았지." 그녀는 거실로 갔다. 그는 그녀가 CD를 넣고 버튼을 누르는 소리를 들었다. 그녀는 재생 버튼을 누르기 전에 잠시 멈췄다. 그 음악은 그녀가 출근하기 전 매일 아침마다 듣는 노래였다. 그녀는 욘이 멀리 떨어져 있는 것처럼 큰 소리로 말했다. "욘, 내 바디로션 못 봤니?"

욘은 거울에 비친 자신을 겨누고 있었다. 몸통에 팔꿈치를 붙인 채 양손으로 총을 안정감 있게 들고 발사했다. 사람 몸에 구멍이 잔뜩 뚫리면 어떤 모습일까? 그는 지난 생일에 먹은 밝은색 젤리와 초콜릿 케이크를 떠올렸다. 그의 뒤쪽 거울로 비베케가 바디로션을 바르고 부엌에서 나오는 모습이 보였다. 그녀는 여전히 옷을 입지 않은 채 바디로션을 찾았다는 사실을 욘이 확인할 수 있도록 로션을 들고 미소를 지어 보였다. 그리고 춤추듯 다시 거실로 가 음악 소리를 높였다. 그녀는 아침에 샤워하고 로션을 바르는 동안 그곳에 서 있는 일을 좋아했다. 하지만 보통 저녁에는 샤워하지 않았다. 그는 그녀가 평소와 다른 이유가 다음

날인 그의 생일에 할 일이 많아서일지 모른다고 생각
했다.

　가만히 서 있다 보니 외풍이 느껴졌다. 현관문에서
들어오는 바람이었다. 그들은 다른 집들처럼 문틈을
막고 방풍재로 집을 단열해야 했다. 그는 뒷주머니에
물총을 꽂고 다른 털모자를 썼다. 비베케가 이런저런
일을 준비하게 하려면 혼자 두어야 했다. 그녀가 케이
크를 굽는 동안 자기가 밖에 나가 있으면 깜짝 파티 이
상이 될 것이었다. 욘은 밖으로 나갔다. 길가에 다다르
자 벙어리장갑을 끼고 나올 걸 하고 생각했지만 집으
로 되돌아가지 않았다.

비베케는 큰 소리로 욘을 불렀다. 동료들이 좋은 기사가 실렸다고 말했는데 어제 신문이 보이지 않았기 때문이다. 그녀는 오른손에 담배를 들고 있었다. 욘은 대답이 없었다. 불과 몇 분 전에 그를 보았는데 말이다. 그녀는 소파에 놓인 작은 램프를 켜고 신문이 뒤에 떨어졌는지 확인했다. 욘이 자기 방에서 뭔가를 하고 있는 모양이라고 생각했다. 그녀는 가방을 집어 들고 다시 욕실로 가져가 싱크대에 담배를 비벼 껐다. 그녀는 브래지어를 입고 화장실에 앉아 가방 안에서 매니큐어를 찾았다. 뚜껑을 열고 진한 붉은색 브러시를 보자 매니큐어를 입술에 바르면 어떤 느낌일지 궁금해졌다. 부드러우면서도 차갑지 않을까. 그녀는 발톱에 매니큐어를 바르기 시작했고, 다 바른 뒤에 발을 내밀어 보며 나직이 감탄했다.

욘은 마을 한가운데로 걸어갔다. 어느새 가로등이 땅 위에 빛 웅덩이를 만들었고 그는 가로등을 하나나 차례대로 따라 걸어갔다. 음악 소리와 멀리서 기계들이 덜그럭거리는 소리가 들렸다. 새로 문을 연 이동식 놀이공원이 틀림없었다. 걸음을 재촉했다. 그는 요양원 근처의 아무도 없는 곧은길에서 멈춰 서고는 나뭇가지를 부러뜨려 눈 위에 자기 이름을 적었다. 욘. 그는 잠시 그 글자들을 뚫어지게 쳐다보았다. 그리고 흔적을 남기고 싶지 않아 이내 글자를 비벼 지웠다. 그는 나뭇가지를 있는 힘껏 나무들 사이로 던진 뒤 손을 후 불고 계속 걸어갔다.

커브를 돌아 나오자 저 멀리 스케이트를 타는 두 소

녀가 보였다. 그들이 빙글빙글 돌 때마다 긴 머리카락
이 뒤로 나부꼈다. 분명 여자아이들용 스케이트일 것
이라 그는 생각했다. 회전하기 좋은 스케이트. 그는 날
이 길고 빛나는 자신의 스케이트를 떠올렸다. 그가 다
가가도 소녀들은 계속 스케이트를 탔다. 그들은 서로
호흡을 맞춰 몇몇 동작을 연습하고 있는 듯했다. 누비
바지 위에 짧은 치마를 입은 채 텔레비전에 나오는 피
겨스케이팅 선수처럼 보이려고 애쓰는 것 같았다. 길
은 눈에 완전히 덮여 있었다. 이곳의 눈 제방은 시내
에 있는 것처럼 갈색을 띠거나 지저분해 보이지 않았
다. 차들이 그리 많지 않기 때문이었다. 그는 소녀들
에게서 조금 떨어져 기둥에 몸을 기대고 먼 곳을 바라
보았다. 눈을 깜박이지 않으려 애썼다. 그는 손을 바지
주머니에 넣어 녹였다. 바지가 꼭 맞아 손이 몸에 착
달라붙었다. 그는 자신이 술집 외벽에 기대선 영화 속
카우보이처럼 보이지 않을까 생각했다. 담배 한 대가
그의 입술에 물려 있고 코와 입에서 뿜어내는 뿌연 담

배 연기를 응시하느라 미간이 좁아지고 있었다. 두 소녀 중 한 명이 그에게 달려왔다. 스케이트 날에 의지해 가만히 서 있는 모습을 보니 제법 균형을 잘 잡는 듯했다. 소녀는 그에게 깡통 차기 놀이를 하고 싶지 않은지 물었다. 볼이 너무 얼어서 발음이 잘되지 않았다. 그들은 서로 웃었다.

비베케는 손톱에 입김을 불어 손을 공중에 흔들어 보았다. 순간 지금 몇 시나 되었을지 궁금했다. 수요일인데 텔레비전에서 재미있는 프로그램을 방영하지 않을까? 동료가 언급한 프로그램이 무엇이었는지 정확히 기억나지 않았다. 그녀는 드레싱 가운을 조심스럽게 어깨에 걸치고 거실로 가 손끝으로 리모컨을 눌렀다. 맞아, 이거였어. 벌써 시작했네. 동료는 이 프로그램을 영국 드라마라고 불렀다. 어쨌거나 세심한 영국인이 답답한 미국인보다는 기분을 전환하는 데 좋다고 생각했다.

그녀는 머리를 쿠션에 편히 대고 소파에 누웠다. 드

레싱 가운 끈이 허벅지 안쪽에 미끄러져 내리는 것을 느꼈다. 굳이 쳐다보지 않고서도 왼손으로 탁자 위에 있는 담뱃갑을 쉽게 찾아냈다.

"너무 추워." 다른 소녀가 말했다. "어쨌든 놀이를 하려면 세 명 이상 필요해."

소녀는 중간까지 지퍼가 내려진 하얀 부츠 커버를 신고 있었다. 부드럽고 따뜻해 보였다. 욘은 소녀들 사이에 서 있었다. 그들은 스케이트를 신고 있어서 그보다 커 보였다.

"너 스케이트 있어?" 그에게 먼저 다가왔던 소녀가 물었다.

"응." 욘이 말했다. "난 스포츠 클럽 팀에 가입했어. 이제 막 시작해서 아직 실력이 부족하고 연습도 많이 못 했어."

욘은 그들에게 노인의 스케이트를 이야기했다. 그들은 칼로틀뢰페트에 대해 들어본 적이 없었다. 그는 자신이 또 눈을 깜빡이는 것을 느꼈다.

그들은 차가 지나갈 수 있도록 도로 옆으로 비켜섰다. 자동차 배기가스 냄새가 땅 위에 오래 머물렀다.

다른 소녀가 자기 오빠는 지역에서 최고의 스케이트 선수라고 말했다. 열두 살이라고 했다. 먼저 만난 소녀는 미소 지으며 자기 가족은 모든 면에서 최고라고 자랑했다. 욘은 차가운 손을 컵 모양으로 만들어 그 안에 입김을 불었다.

"내 벙어리장갑 빌려줄까?" 소녀가 말했다.

소녀는 가장 가까이 있는 집을 가리켰다.

"집에 장갑 또 있어."

소녀는 욘에게 벙어리장갑을 건넸다. 빨간색이었다. 그는 장갑을 손에 끼었다. 약간 작은 듯했다. 장갑 안쪽에 털로 된 안감이 남아 있는 것으로 보아 새것이었다. 다른 소녀는 집으로 가겠다고 말했다. 소녀가 주머니에서 니트 모자를 꺼내 손바닥으로 뒤집어쓰자 벙어리장갑 끝부분이 귀 위로 불쑥 튀어나왔다. 그 모습을 보자 소녀가 토끼처럼 보였다. 그들은 집으로 가는 차도를 향해 걸었다. 그가 돌아섰을 때 다른 소녀는 이미 어느 정도 길을 따라 내려가고 있었다. 스케이트를 신고 있지 않았는데도 마치 스케이트를 신은 것처럼 발을 들어 올리며 걷고 있었다.

소녀가 누군가를 집에 데리고 들어가도 괜찮은지 물어보는 동안 욘은 현관에서 기다려야 했다. 녹색 바닥재에 부츠에서 녹아내린 눈 웅덩이가 있었다. 그는 자기 집과 똑같다고 생각했다. 보통 계단에서 부츠에 묻은 눈을 닦아 내는데 그가 잘 닦으려 얼마나 노력했는지는 중요하지 않았다. 웅덩이 하나쯤 만들 수 있는 눈은 언제나 쌓여 있었기 때문이다. 현관 벽은 회색이었다. 홀 안으로 들어가는 문에 갈색 페인트를 칠한 목공예 틀에 광택이 없는 젖빛 유리가 끼워져 있었다. 갑자기 사람들 목소리가 들리고 수도관에서 물이 콸콸 쏟아지는 소리가 났다. 그리고 누군가 수도꼭지를 잠그자 소리가 멈췄다. 욘은 어떤 냄새를 맡았지만 그것이 어디에서 나는 냄새인지는 떠올리지 못했다. 다시 누군가 오는 소리가 들렸다. 유리창으로 소녀의 흐릿한 윤곽, 빨간 스웨터, 문손잡이를 향해 뻗는 손이 보였다.

집 안에서는 장작불 타는 냄새가 났다. 메마른 냄새. 그들은 계단을 올라갔다. 층계참을 지나자 문 몇 개가 나타났다. 그녀는 그 가운데 하나를 열고 커다란 전등을 켠 다음 그가 먼저 들어가도록 안내했다. 침대 두 개가 나란히 있는 것으로 보아 그녀가 다른 누군가와 같이 쓰는 방인 듯했다. 바로 앞에 있는 창문은 집 뒤쪽 숲을 향하고 있었다. 그는 그곳으로 들어섰다. 무늬가 있는 커튼이 양쪽으로 늘어져 있었다. 그는 밖을 내다보았다. 창문에서 나오는 빛이 나무 쪽으로 어떻게 뻗어나가는지 유심히 보았다. 하얀 눈 속의 검푸른

나무줄기들이 종이 위에 줄지어 놓인 목탄 같았다. 그것들은 서로 멀수록 더 가까이 있는 것처럼 보이다 결국 암흑 속으로 사라졌다. 그녀는 그에게 왜 항상 그렇게 눈을 깜박이느냐고 물었다. 욘은 자신도 모른다고 대답했다. 그녀 쪽으로 돌아서며 그러지 않으려고 애쓰지만 소용없다고 말했다. 소녀가 눈을 몇 번 깜박여 보더니 피곤하겠다고 말했다. 욘은 그런 생각은 하지 않는다고 말했다. 그러자 소녀가 말했다. 우리 이모 눈은 유리야. 이모는 어릴 때 열쇠구멍을 들여다보는 습관이 있었는데 어느 날 우리 아빠가 반대쪽에 있다가 이모가 더는 엿보지 못하게 하려고 드라이버를 구멍에 꽂았대. 오셀로 게임 할래? 그가 대답하기도 전에 소녀는 침대 아래서 상자를 하나 꺼냈다. 둘은 게임판과 흑백 칩들을 가운데 두고 바닥에 앉았다.

이제 프로그램이 끝나고 만든 사람들 이름이 화면 위로 천천히 올라가고 있었다. 비베케는 자리에서 벌떡 일어났다. 도서관 직원들이 퇴근하기 전에 책을 반납하려면 서둘러야 했다. 남자의 갈색 눈. 그녀가 눈을 깜박일 때마다 어디에나 그 눈이 보였다. 밝은 빛을 본 뒤에 떠다니는 작은 별들처럼. 그녀는 엔지니어와 함께 사는 일이 어떨지 곰곰이 생각해 보았다. 그들의 관심사는 무엇일까? 그녀는 방으로 가 계산적으로 보이지 않도록 편안하고 활동적인 옷으로 갈아입었다. 도서관에서 우연히 그를 만나거나 그보다 예상치 못한 일이 생겨도 이상할 것 없었다. 이곳에서는 갈 만한 곳이 그리 많지 않았다. 그녀는 그가 도서관에서 어떤 서가를 둘러보고 싶어 할지 짐작해 보았다. 과학, 범죄와 스릴러. 여행, 전기. 심지어 시까지. 그녀는 욕실에서 몸을 앞으로 굽힌 채 드라이어로 머리를 꼼꼼히 말렸다. 그런 다음 고개를 뒤로 젖히고 거울을 보았다. 오늘은 성공? 아니면 실패? 적어도 나빠 보이지는 않았다. 그녀는 거울 속 자신에게 미소 지으며 화장품을 뒤적였다. 파우더, 그가 파우더를 좋아할지 궁금했다. 그녀는 서둘러 집 안을 오가다 반납할 책을 집어 가방 안에 던져 넣었다.

현관에서 코트 단추를 채우고 거울을 자세히 들여다본 뒤 머리를 홀 안으로 들이밀고 큰 소리로 욘을 불렀다. 그리고 다시 거울을 바라보았다. 그녀는 되도록 진하게 화장하지 않기로 마음먹었다. 욘은 대답이 없었다. 다시 그를 부르고 나서 시간을 보니 도서관이 폐관하기까지 삼십 분도 채 남지 않았다. 욘은 이제 막 혼자 잠자리에 들기 시작했고 그녀는 집에 돌아와 그에게 잘 자라고 인사하지도 못했다. 마음속에 흰색에 가까운 남자의 속눈썹이 떠올랐다. 그녀는 거울 앞에서 머리를 좌우로 움직이며 살폈다. 머리카락이 얼굴에 부드럽게 떨어졌다. 꽤 오랫동안 머리를 말려 두피가 아직 따뜻했다. 그녀는 작은 테이블에 놓인 열쇠를 쥐고 책이 든 가방을 들었다. 그리고 다시 한 번 거울에 모습을 비춰 보며 살짝 미소를 지은 뒤 현관문을 열고 밖으로 나갔다.

주민 센터 밖으로 차들이 줄지어 세워져 있었다. 어떤 사람들은 추위에 엔진을 켜 놓은 채 차 안에 앉아 창문을 내리고 옆 차에 탄 사람과 수다를 떨었다. 비베케는 그들에게 관심을 두지 않았다. 그녀는 차 문을 세게 닫고 나서 손잡이를 잡아당겨 문이 제대로 잠겼는지 확인했다. 갑자기 이동식 놀이공원이 떠올랐다. 그들이 어떻게 이곳에 오게 되었는지 알 것 같았다. 도서관에는 사람이 거의 보이지 않았다. 사람들이 도서관을 좀더 자주 이용해야 하는데. 이 도서관은 화분에 심긴 예쁜 식물들이 있고 벽에 멋진 포스터도 많이 붙어 있어 일단 오면 정말 기분 좋은 장소였다. 그녀는 입구로 다가갔다. 도서관은 주민 센터 지하에 있었다. 누군가가 휘파람을 불어 댔지만 그녀는 눈길도 주지 않았다.

유리문 뒤쪽은 어두워 보였다. 유리 반대쪽에 개관 시각을 알리는 종이가 한 장 붙어 있었다. 비베케는 자신이 착각했다는 사실을 깨달았다. 야간 개관일은 화요일과 목요일이었다. 수요일에는 오후 세 시에 문을 닫았다. 순간 이곳이 형편없이 작은 동네라는 사실을 잊고 있었다고 중얼거렸다. 그녀는 가져온 책을 도서 반납기에 떨어뜨렸다. 책을 바닥에 쌓아 두는 것은 마음 아픈 일이었기 때문이다. 그것은 좋아하는 사람들을 남겨두고 오는 일과 같았다.

그녀는 벽에 기대 담배에 불을 붙였다. 마침 오늘은 목욕도 하고 모든 일을 마쳤는데 이제 무엇을 해야 할지 알 수 없었다. 그녀의 시선은 바퀴에서 눈을 뿌리며 미끄러지듯 빠져나가는 어떤 차를 따라갔다. 그리고 놀이공원 입구에 장식된 알록달록한 전구들을 바라보았다. 전구들은 자신이 지닌 빛을 감출 수 없다는 듯 어두운 하늘 가운데에서 반짝였다. 우리의 날, 카니발. 비베케는 생각했다. 한번 들어가 볼까? 오늘의 운세를 점쳐 줄 사람이 있을지도 몰라.

"내일이 내 생일이야." 욘이 말했다.

"그럼 내일이면 열여덟 살이 되는구나." 소녀가 까르르 웃으며 말했다.

욘이 우세했다. 그의 검은 칩이 게임판 위를 점령했다. 소녀는 게임을 포기하다시피 하고 더는 진지하게 참여하지 않았다. 비베케는 놀이공원 입구로 들어갔다. 한 취객이 그녀와 마주치자 알아들을 수 없는 말을 지껄이며 본인도 의식하지 못하는 이야기를 횡설수설했다. 그녀는 멈춰 서서 주위를 둘러보았다. 놀이공원은 말굽 모양으로 구성되어 있었다. 가장자리에는 복권 상점과 오락거리가 있었고 중앙에는 놀이 기구가 자리했다. 그녀가 어딘가에서 관련된 내용을 읽은 우주선 놀이 기구는 절반이 빈 채로 덜컹거렸고 한 어린 소녀가 크게 비명을 지르고 있었다. 음악은 놀이 기구에 동력을 공급하는 발전기로 기구와 함께 작동되며 쿵쾅거렸다.

복권 상점은 옆쪽에 출입문이 난 작은 트레일러들 안에 있었다. 한 트레일러에 희고 긴 머리가 허리까지 오는 한 여자가 서 있었다. 비베케는 그것이 분명히 가발일 것이라 생각했다. 여자는 티켓으로 가득한 노란 플라스틱 통을 들고 있었다. 가장자리가 인조 모피로 둘린 길고 흰 장갑을 끼고 흰 망토를 둘렀으며 길고 흰 부츠를 신었다. 여자는 지나가며 비베케를 빤히 쳐다보았고 마침 그때 손님들이 들어와 바빠졌다. 누가 봐도 과하게 화장한 얼굴이라 좀더 신경 쓰는 쪽이 좋지 않을까 하고 비베케는 생각했다.

소녀는 문 뒤에 걸린 캐리어를 뒤적였다. 그리고 테이프를 꺼내 창문턱에 있는 카세트로 가져갔다.

"이 음악 정말 좋아. 쉬고 싶을 때 이걸 들으면 기분이 좋아져."

소녀는 소리가 방 안에 잘 퍼질 수 있도록 카세트를 옆으로 돌린 뒤 테이프를 넣고 버튼을 눌렀다. 그는 두 침대 중 한쪽에 걸터앉았다. 그러자 소녀는 다른 침대에 앉아 그를 쳐다보며 얼굴을 그에게 향한 채 이불 위에 누웠다. 소녀의 눈을 보니 음악을 집중해 듣고 있는 듯했다. 둘은 서로 바라보았다. 기차가 돌진해 오자 그는 가슴이 울렁였다. 선로 한가운데에 서 있는 그에게 기차가 곧장 달려와 거의 치일 뻔했기 때문이다. 엔진은 오 층짜리 주택만큼 거대했다. 예상과 달리 기차는 그를 낚아채 실었다. 그는 조심스럽고 안전하게 수송되어 기차 앞 요람에 웅크리고 있었다. 눈으로 찬 바람이 들어왔지만 문제되지 않았다. 뒤에 기차가 있어 따뜻한 생물을 끌어안고 있는 듯했기 때문이다.

음악이 인도 음악인지 중국 음악인지 그는 확신하지 못했다. 벽에 기대 눈을 감았다. 그는 중국에서 기차를 운전하고 있었다. 만리장성 꼭대기를 향해 선로가 나 있었고 그는 기차로 그 길을 반복해 오르내렸다. 멀리 흰색으로 칠해진 산비탈과 구불구불한 강줄기가 보였다. 정신 차리고 다시 눈을 뜨자 갑자기 피곤이 밀려왔다.

소녀는 잠든 것 같았다. 소녀가 아시아인처럼 보인다는 생각이 스쳤다. 눈과 입술 주위의 팽팽한 피부, 입이 얼굴로 합쳐지는 것처럼 보이는 외모 때문이었다. 어쩌면 합쳐지는 것이 소녀의 얼굴일지도 모른다는 생각이 들었다. 얼굴이 입으로 스며 좁은 입술 사이로 사라지고 있었기 때문이다.

비베케는 경품 자판기로 다가갔다. 동전을 넣으면 경품을 아래쪽 홈으로 밀어내는 팔 모양 집게를 조종할 수 있었다. 덮개 끝부분에 자그마한 플래시가 달린 컬러 만년필부터 옆면에 가짜 금과 작은 거울이 달리고 리필을 넣을 수 있는 구형 립스틱 케이스 모조품, 여러 종류의 손목시계, 실크 스카프와 넥타이가 든 투명한 플라스틱 상자 등 다양한 경품을 얻을 수 있었다. 경품들은 모두 밝은 노란색 셀로판 위에 놓여 있었다. 자판기 위쪽에 내장된 작은 불빛이 여러 각도에서 셀로판을 비추며 반짝이게 했다. 자판기에는 셀로판 외에도 다채로운 구슬들이 들어 있었다. 멀리서 보면 그 구슬들 때문에 자판기가 다이아몬드로 가득해 보일지도 모른다는 생각에 비베케는 그만 실소를 머금었다. 그녀는 동전을 넣고 집게를 립스틱 케이스로 향하도록 조정했다. 경품이 막 가장자리 너머로 넘어가 아래로 미끄러지려는 찰나 집게가 다시 올라갔다. 립스틱 대신 구슬 다섯 개가 홈으로 떨어졌다. 그녀는 구슬을 주머니에 넣었다.

욘은 텔레비전에서 본 생일 파티 장면을 떠올렸다. 아이의 생일 아침이면 가족들이 촛불 켜진 케이크를 들고 방에 들어와 아이를 깨웠다. 가족들 팔은 선물 꾸러미로 가득했다. 부모는 서로 입을 맞췄다. 하지만 그곳은 미국이었다. 꾸러미 안에 무엇이 들었는지는 알기 어려웠다. 그는 어느 상점에서 본 빨간색과 회색으로 된 멋진 기차 세트를 떠올렸다. 분리되는 제설차가 앞쪽에 달린 엔진이었다. 최상급 차량에는 실제로 열고 닫히는 문이 있어서 승객을 태울 수도 있었다. 욘은 안내원이 되어 유니폼을 입고 모든 사람에게 즐겁게 표를 판매했다. 다음에는 기관사가 되어 산속 터널을 통과하고 황갈색 고원을 가로지르며 가늘고 반짝이는 개울이 흐르는 좁은 녹색 계곡을 운전했다. 비베케는 어느 역에서 기차를 기다리며 서 있었다. 그는 기차를 멈추고 그녀를 태웠다. 그리고 모두 들을 수 있도록 기적을 울렸다. 그녀는 앞쪽 운전석에 그와 함께 앉아 담배를 피우며 불빛과 풍경을 바라보았다. 욘은 마이크에 대고 차 한 잔을 주문했다.

"헤어스타일이 마음에 드는군요."

고개를 드니 진청색 작업복을 입은 남자가 보였다. 이 놀이공원에서 일하는 남자였다. 그녀는 그와 같은 사람 여럿이 두꺼운 작업복을 입은 모습을 본 적 있었

다. 남자는 그녀에게 담배를 한 대 피우겠느냐고 물었
다. 남자의 머리카락은 놀라울 정도로 숱이 많았고 곱
슬곱슬했으며 금색이었다. 얼굴은 환하게 미소를 띠고
있었다. 순간 비베케는 남자가 참 멋지다고 생각했다.
남자는 보기보다 단순한 유형이었지만 그렇다고 담배
를 못 피울 것은 없었다. 그녀는 미소로 답하며 그러겠
다고 말했다. 남자는 자판기에 기댄 채 길고 가는 손가
락으로 담뱃갑을 내밀었다. 속이 가득 차 있었다. 사실
담배를 피우지 않는 사람일지도 모른다는 생각이 들었
다. 그녀는 담배 한 개비를 꺼냈다. 남자도 한 개비를
가져다 입술 사이에 물었다. 그는 담뱃갑을 작업복 왼
쪽 가슴의 주머니에 넣고 나서 라이터를 찾았다. 마침
내 뒷주머니에서 라이터를 하나 찾아내 그녀의 담배에
불을 붙여 주었다. 그녀는 속살까지 바투 자른 남자의
손톱을 흘깃했다. 남자는 그녀의 코에 끼워진 보석에
관심을 보였고 그녀는 그가 그것을 어떻게 생각하는지
알아내려고 애썼다. 그는 다시 미소를 지어 보였다. 남

자의 커다란 눈은 슬퍼 보이는 것 같기도 하고 동시에 완전히 행복해 보이는 것 같기도 했다.

"뭐 좀 건졌어요?" 남자가 담배에 불을 붙이며 물었다.

비베케는 그에게 구슬을 보여 주었다. 구슬들이 손바닥 안에 옹기종기 모여 있었다.

각 구슬의 중앙에는 반짝이는 유리에 감싸인 알록달록한 프로펠러가 들어 있었다.

"세상에서 가장 멋진 구슬을 잃은 적이 있어요. 학교 정문 밖에 있는 쇠창살 아래 떨어뜨렸거든요. 아마 이 학년 때였을 거예요. 쉬는 시간마다 거기 서서 들여다봤지만 창살이 너무 무거워 들어 올릴 수 없었어요. 너무 수줍어서 관리인에게 부탁하지도 못했죠. 그때 세상이 끝나는 줄 알았어요." 남자가 말했다.

그녀는 남자가 놀이공원 너머를 내다볼 때 그를 유심히 살폈다. 사격 연습장에서 환호성이 울려 퍼졌고 슈퍼맨 복장을 한 젊은 남성들이 얼싸안은 채 골을 축

하하기라도 하는 듯 서로 등을 때리고 있었다. 비베케는 그것이 틀림없이 남성들만을 위한 행사일 것이라 생각했다. 두 사람 모두 미소 지었다.

"여기 서 있으니 추운데요." 그가 담배를 빨아들이며 말했다.

"그렇네요. 정말 추워요."

그녀는 더 말하고도 싶었지만 딱히 무슨 말을 해야 할지 몰랐다. 서로 할 말이 없어서가 아니라 남자에게 약간 연민을 느꼈기 때문이다. 그뿐이었다. 이동식 놀이공원과 함께 떠돌아다니는 그의 인생이란 이런 것이로구나 하고 생각했다. 그녀는 구슬을 주머니에 다시 넣고 손가락 사이로 돌린 다음 발을 따뜻하게 하려고 몇 번 굴렀다. 남자는 담배를 마지막으로 빨아들인 뒤 발끝에 떨어뜨려 신발 아래 눈 속으로 비벼 껐다.

"다시 일하러 가야 해요." 그가 우주선 놀이 기구 쪽으로 고갯짓하며 말했다.

"좀더 있다 가실 건가요?" 남자가 고개를 약간 옆으

로 기울인 채 진심 어린 눈빛으로 그녀를 바라보았다. 그는 다시 미소 지었고 그녀는 "그럴 것 같아요"라고 대답했다.

그녀는 남자가 놀이 기구 조종 장치들이 보관된 작은 목조 작업장으로 돌아갈 때까지 물끄러미 지켜보았다. 대기 행렬이 생겼다. 십대 소녀 두 명이 서로 밀치며 선 안팎을 들락거리고 있었다. 남자가 뒤쪽을 돌아 문 옆으로 들어가자 그녀는 안에 있는 그를 제대로 볼 수 없었다. 낮게 자리한 유리 창구로 돈을 받으려면 그는 허리를 굽혀야 했다. 놀이 기구를 가동시키기 전 대기 행렬이 남아 있지 않으면 남자는 몸을 숙여 그녀를 바라보았다. 손을 흔들기도 하고 그녀를 웃기려고 얼굴을 찌푸려 보이기도 했다. 남자는 마치 우리 안에 있는 원숭이 같았다. 그 안에서 그가 웃고 있는 모습이 보였다.

그녀는 대관람차가 없다는 사실을 알아차리고 관람차를 설치하기에는 놀이공원 규모가 너무 작다고 생각했다. 지금이 겨울철이기 때문일지도 모른다. 아마 여름에는 기구를 더 많이 가져다 놓겠지. 한가운데에는 화려한 오토바이와 스포츠카가 달린 회전목마가 있었다. 어린아이 몇몇이 벌써 회전목마를 몇 번씩 타고 있었지만 아이들 외에는 손님이 아주 드물어 보였다. 회전목마는 아주 느리게 움직였다. 그녀는 발을 내려다보았다. 부츠가 제법 새것이었다. 추위에 바지가 수축해 너무 꼭 맞은 나머지 바지 속에 입은 나일론 스타킹의 감촉이 느껴졌다.

캐릭터 인형이 복권 상점 지붕까지 선반에 빽빽이 진열되어 있었다. 맨 꼭대기에는 분홍색, 초록색 그리고 회색의 거대한 곰 인형들이 앉아 있었다. 뒤쪽 담은 은박지 같은 것으로 가려져 있었다. 흰 옷을 차려입은 여자가 매점 앞을 따라 이어진 작은 플랫폼에 올라서서 놀이공원을 훑어보며 서 있었다. 잠시 뒤 그녀는 한 걸음에 플랫폼에서 내려와 비베케가 있는 쪽으로 다가왔다. 비베케가 그냥 갈까 곰곰이 생각하는 사이 여자는 들고 있던 노란 통을 비베케에게 내밀고 있었다.

여자는 노란 통 하나만 사이에 두고 비베케 바로 앞에서 멈췄다. 비베케는 여자의 하얗게 분칠된 얼굴을 보았다. 입술까지 칠해져 있었다. 비베케는 복권을 한 장 골라 여자가 말한 값을 지불했다. 복권에는 작은 창문 세 개가 그려져 있었다. 상점 밖 간판에는 창문 각각에 트럼프 카드가 숨겨져 있다고 적혀 있었다. 당첨되려면 똑같은 카드가 세 장 나와야 하지만 다른 조합에 대한 보상도 있었다. 그녀는 오른쪽 장갑을 벗고 엄지손톱으로 창문을 열었다. 손톱이 깊고 윤기 있는 빨간색이라는 사실은 까맣게 잊고 있었다. 그녀는 아무것도 당첨되지 않았음을 확인한 뒤 복권을 트레일러 옆쪽 판지 상자에 버렸다. 상점들 사이로 뒤쪽에 주차된 트레일러 몇 채가 보였다. 그녀는 그곳이 직원들 거처일 것이라 확신했다. 얼마나 서글픈 삶인가. 멀리 고속도로를 따라 남쪽으로 향하는 차량 불빛들이 나무 위로 하늘을 밝히고 있었다. 그녀의 눈은 그 불빛의 행로를 따라갔다.

"안녕하세요?" 그녀 뒤에서 나지막한 목소리가 들렸다. 순간 비베케는 머리가 빙 돌았다. 또 흰 가발을 쓴 여자였다. 그녀는 통을 내밀어 살짝 흔들었다. 비베케는 복권 한 장을 더 샀다.

놀이공원에 남아 있는 사람은 그리 많지 않았다. 몇몇은 붉은색과 흰색 줄무늬가 있는 오각형 텐트로 들어갔다. 텐트 밖에는 내부에 난방기가 비치되어 있다고 쓰여 있었다. 촌극이 막 시작하려는 듯했다. 비베케는 장갑을 벗고 오른손으로 입술을 문질렀다. 트레일러 지붕의 대형 확성기에서 음악이 흘러나오다 멈췄다. 그녀는 그 음악이 얼마 동안 잠잠했는지 알 수 없었다. 아마 몇 분쯤일 것이다. 그녀는 가만히 되짚어 보았다. 두 곡 사이의 틈 정도였으니 몇 초에 지나지 않앗을 것이다. 눈 속에서 보드득하고 그녀의 발소리가 들렸다. 음악이 다시 시작되었다. 서로 다른 확성기들의 소리가 완전히 일치하지 않는 듯했다. 테이프가 닳아서 늘어졌기 때문일 것이라 그녀는 생각했다. 음악에 맞춰 발을 구르며 춤추고 싶은 충동을 느끼며 그녀는 담뱃갑에서 담배 한 개비를 꺼내 물고 불을 붙였다.

남자가 우주선 놀이 기구 옆 작업장에서 모습을 드러냈다. 그녀가 생각하기에는 그리 오래 걸리지 않은 것 같았다. 그는 팔 아래 뭔가를 끼고 그녀를 향해 다가왔다. 커다란 놀이 기구들 사이에서 남자는 매우 작아 보였다.

그녀는 자신에게 말했다. 비베케, 힘내. 그는 단순히 놀이공원 직원이 아니야. 확실해.

"재미있었어요?" 남자가 물었다. 그리고 그녀 앞에 멈춰 서더니 "이제 오늘 일이 다 끝났습니다"라고 덧붙였다. 그의 목소리는 부드러웠다. 말을 건넬 때 남자는 그녀를 똑바로 쳐다보고 말했다. 순간이 팽창되는 듯했다. 그녀가 예상한 것보다 더 새롭고 깊은 차원을 느꼈기 때문이다. 그녀는 사람들이 밟아서 뭉개진 눈 속에 묻힌 남자의 부츠를 바라보았다. 이어 그녀의 시선은 검푸른 작업복 위를 지나 노란 대관람차가 수놓인 그의 허벅지에 잠시 멈췄다가 그의 눈 쪽으로 올라갔다. 남자의 눈은 매우 강렬했다. 강렬한 눈빛.

"커피 한잔하겠어요?" 그가 다시 웃으며 물었다.

순간 그녀는 얼마나 추운지 깨달았다. 특히 발이 꽁꽁 얼었다. 수많은 생각이 슬라이드 쇼처럼 마음을 스쳐갔다. 순회 놀이공원 직원. 하지만 커피 한 잔일 뿐인데. 그녀는 웃으며 "좋아요"라고 말했다.

그들은 봉긋한 플랫폼 위의 핀볼 기계 몇 대를 지나 놀이공원 외곽에 있는 트레일러로 걸어갔다. 트레일러는 물결 모양 금속으로 만들어졌다. 아마 알루미늄일 것이다. 아니면 강철? 그녀는 확신할 수 없었다. 전에 그렇게 생긴 것을 본 적 없었기 때문이다.

길에서는 차 소리도 들리지 않았다. 밤이 깊어가고

있었다. 남자가 앞서 걸어갈 때 그녀는 그의 꼿꼿하게 편 등을 유심히 바라보았다. 그 점이 마음에 들었다. 그것이 일종의 자존심, 즉 자신이 누구인지 아는 남자의 표시라고 생각했기 때문이다.

남자는 걸음을 멈추더니 돌아서서 오른쪽 바지 주머니에서 껌 한 통을 꺼냈다. 그는 그녀에게 껌을 씹겠느냐고 물었다. 그녀는 고개를 저었다. 남자는 껌 껍질을 벗기느라 현금 보관함을 잠시 눈 속에 내려놓았다. 그는 그녀를 올려다보며 웃다가 껌 한 토막을 혀에 대고 밀어 넣었다. 껌은 물러서 잘 부서졌다. 남자가 웃자 비베케도 그를 따라 함께 웃었다. 그가 그녀의 손을 잡아 힘을 주는 순간 그의 눈은 그녀의 눈을 바라보고 있었다.

"안녕." 남자는 그녀의 눈을 향해 부드럽게 인사한 뒤 허리를 굽혀 현금 보관함을 집어 들고 계속 걸었다.

비베케는 하늘에 떠 있는 별을 올려다보았다.

트레일러들은 멀리서 보던 것보다 제법 컸다. 문 앞

에는 계단 한 쌍과 등받이 없는 의자가 하나씩 놓여 있었다. 이동식 놀이공원이 이곳에서 한참 머무른 듯 눈이 오솔길까지 밟혀 있었다. 대부분 트레일러에 안테나가 달려 있고 한 트레일러에는 큰 위성 접시와 텔레비전이 있었다. 그녀는 얇은 커튼 뒤에서 푸른빛이 깜박이는 모습과 한 남자가 자리에서 벌떡 일어나며 그림자가 어른거리는 모습을 보았다.

남자는 그녀에게 친절히 문을 열어 주었다. 그녀는 작은 의자 위를 딛고 왼손으로 문틀을 움켜잡았다. 그리고 안으로 들어가 접이식 의자에 앉아 부츠를 벗었다. 그녀는 남자를 올려다보았다. 그는 작은 포스터에 쓰인 내용을 읽으며 작업복을 벗었다. 그녀는 트레일러 안의 온기를 온전히 느끼며 자신이 밖에서 얼마나 추웠는지, 허벅지와 종아리, 목구멍까지 얼마나 얼어붙었는지 깨달았다.

그녀는 남자를 따라가 그가 가리키는 곳에 앉았다. 그들은 거실에 해당하는 구역에 들어와 있는 셈이었다. 회색 테이블 하나와 얼룩진 초록색 소파가 놓여 있었다. 소파 위로 삼면에 모두 창문이 나고 커튼이 쳐져 있었다. 눈에 띄는 앵무새가 있는 정글 무늬 커튼이었다.

"방이 꽤 많네요"라고 비베케가 말을 건넸다. "꼭 작은 집 같아요. 마지막으로 트레일러 안에 들어와 본 적이 언제인지 모르겠네요. 더 필요한 게 없겠어요. 미니멀리즘 같으면서도 갖출 건 모두 갖췄군요."

그녀는 테이블 위의 천장을 올려다보았다. 중앙에 둥그런 황금빛 태양이 있는 파란 하늘 포스터가 테이프로 붙어 있었다.

그는 뭔가 찾는 듯 부엌 찬장 안을 들여다보고 있었다. 순간 불빛이 아래쪽에서 남자의 얼굴을 비춰 그의 눈이 그림자 속에 어른거렸다.

"이렇게 트인 부엌은 정말 근사해요. 요리하면서 계속 대화를 나눌 수 있으니까요."

"인스턴트커피밖에 없는 것 같아요." 주전자에 물을

채우며 남자가 말했다.

그녀는 인스턴트라도 좋다고 말했다. 조금 손보기만 하면 이곳이 놀랄 만큼 멋있어지리라 생각했다. 더 필요한 것이라고 해봐야 쿠션 커버를 잘 어울리는 색으로 바꾸고, 흉측한 커튼을 떼어 낸 다음 요란하지 않고 좀더 소박한 커튼을 새로 달아 빛이 잘 들게 하는 일 정도였다. 물론 천장에 붙은 끔찍한 포스터도 없애야겠지.

창문 위 선반에 책이 몇 권 올려져 있었다. 그녀는 고개를 젖히고 제목을 읽어 보았다. 그녀가 들어 보지 못한 작가들의 소설이었다. 남성 작가들.

그녀는 남자를 쳐다보았다. 갑자기 그의 이목구비가 드러나며 그녀에게 더욱 뚜렷하게 다가오는 듯했다. 얼굴에 그림자가 드리웠기 때문일 것이다. 남자에게는 어딘가 모르게 고전적인 느낌이 있었다. 그는 그녀의 마음속에 유쾌한 이미지들을 불러일으켰다. 예를 들면 이런 장면이었다. 끝없이 펼쳐진 겨울 바닷가에 두 사람뿐이다. 그녀는 해변을 따라 달리고 남자는 그녀를 바라보며 그녀가 지닌 모든 것, 이를테면 지적이고도 따뜻한 면면을 모두 받아들인다.

그는 물주전자 플러그를 카운터 위의 소켓에 꽂고 전원을 켠 다음 찬장에서 머그잔 두 개를 꺼내 테이블에 내려놓았다.

그녀는 보면 볼수록 그가 참 잘생겼다고 생각했다.

욘은 비베케와 함께 집으로 걸어오는 꿈을 꾸었다. 둘은 예전에 살던 건물 뒤쪽의 큰 마당을 돌아 들어왔다. 눈이 내리고 있어 땅바닥의 흰빛이 뒤뜰을 감싼 어둠을 배경으로 환하게 빛났다. 그들은 멀찍이 떨어진 입구로 갔다. 비베케가 앞섰다. 평범한 걸음걸이로 보아 주변의 모든 것이 매우 고요하다는 사실을 알아차리지 못한 것 같았다. 입구로 들어가자 우편함이 부서지고 뚜껑이 경첩에 대롱대롱 매달려 있었다. 건물 전체가 황폐해진 듯했고 이제 아무도 그곳에 살지 않아 더는 배달할 우편물도 없는 것 같았다. 비베케는 그런 사실을 전혀 눈치채지 못한 듯 우편함을 열었다. 모든 우편함이 삐거덕거리는 소리와 함께 벽에서 떨어져 나가고 있었다. 모든 일이 아주 천천히 이뤄지고 있었다. 욘은 계단에서 발소리를 들었다. 건물이 비어 있다고 확신했지만 지금 누군가 거기에 있었다. 둘은 가만히 서서 기다렸다. 아래층에 사는 이웃이었다. 이웃은 군인들이 같은 층 계단참 맞은편에 있다고 말했다. 그렇게 몇 마디 속삭이고 다시 위층으로 살금살금 기어 돌아갔다. 둘은 아무 문제 없는 듯 계단을 오르며 말없이 그를 따랐다. 어떻게 보면 조용하지는 않았지만 평소보다 고요하게 움직였을 것이다. 둘의 집 문이 열려 있었다. 안으로 들어갔다. 그곳은 어두웠다. 제복을 입은 한 남자가 부엌에 앉아 밥을 먹고 있었다. 남자는 그의 아버지였다. 식탁 위 전구 빛이 그를 비췄다. 이웃들은 모두 모여 서 있거나 앉아 있었다. 남자는 두툼한 치즈와 햄 조각을 우적우적 먹었다. 버터. 흰 빵. 그는 치즈에서 두꺼운 테두리를 잘라냈다. 그것은 그들이 가진 음식 전부였다. 겨우 조금씩 아껴 먹고 있던 것이었다. 남자는 치즈 위에 햄을 겹겹이 쌓았다. 둘은 남자가 먹는 모습을 지켜보기만 했다. 그 저 묵묵히 바라보았다. 남자는 먹고 또 먹었으며 음식 을 씹을 때마다 자신을 울리는 삶의 슬픈 일들을 이야 기했다.

욘이 몸을 일으켰다. 입이 바짝 말라 있었다. 불이 켜져 있었고 그는 몸을 고쳐 앉았다. 소녀는 다른 침 대에서 잠들어 있었다. 분명 깜빡 잠들었을 거야. 그 는 발끝으로 다가가 소녀를 바라보고 섰다. 소녀는 이 불을 잡아당기며 오른손으로 턱밑의 이불을 움켜쥐 고 있었다. 그는 소녀의 손을 만졌다. 피부가 부드럽 고 따듯했다. 소녀는 욘만큼 머리숱이 많았고 땀에 젖 은 머리카락이 이마에 동그랗게 말려 있었다. 똑딱거 리는 소리에 그는 주위를 둘러보았다. 카세트 소리였 다. 테이프가 다 감긴 뒤에도 계속 재생되고 있었다.

그는 손가락으로 중지 버튼을 눌렀다. 방은 벽이 옅은 주황색으로 칠되어 있었다. 소녀의 침대 위에 포스터가 하나 붙어 있었다. 높고 잎이 무성한 나무들 가운데로 난 길이 숲 속으로 휘감아 들어가는 그림이었다. 침대 머리맡에 작은 십자가가 걸려 있고 커튼 옆에는 못에 장신구들이 걸려 있었다. 하트 모양의 작은 회색 돌이 목걸이에 걸린 모습이 보였다. 누군가가 침대 프레임에 스티커들을 붙여 놓았다. 두 침대 사이 마루에는 만화책이 몇 권 놓여 있었다. 그가 허리를 굽혀 표지를 보니 읽어 보지 않은 책이 몇 권 있었다. 그는 바닥에 앉아 소녀가 잠에서 깨어나기를 기다리며 책을 읽기 시작했다.

비베케는 머그잔을 따뜻하게 유지하려는 듯 손가락으로 감싸고 있었지만 잔에는 이미 아무것도 남아 있지 않았다. 남자는 샤워 중이었다. 그녀는 아직 그의 이름도 몰랐다. 잊지 말고 꼭 물어봐야지. 그녀가 중얼거렸다. 남자가 외국인일 수도 있다고 생각했다. 그에게 뭔가 다른 점이 있었기 때문이다. 코를 보면 유태인일지도 몰랐다. 하지만 억양은 특이하지 않았다.

주전자가 저절로 꺼지자 그녀는 머그잔에 커피를 타려고 일어났다. 주방 카운터에 놓인 병에서 티스푼을 하나 꺼내 양을 가늠했다. 손에 든 차가운 숟가락을 보자 트레일러가 잘 정리되었음은 물론이고 무척 깔끔하다고 생각했다. 카운터 너머 찬장에는 사진 한 장이 압정으로 고정되어 있었다. 몇몇 사람이 저녁 식사 때 식탁 옆에 옹기종기 모여 포즈를 취한 모습이었다. 그들은 하나같이 목탄 같은 것으로 그린 콧수염을 달고 있었다.

"내 가족이에요." 그녀 뒤에서 남자가 말했다.

그는 트레일러 뒷면에 있는 커튼을 한쪽으로 약간 당기고 서서 수건으로 머리를 말리고 있었다.

"작년 크리스마스 만찬 사진이죠. 누나는 항상 셀프 타이머로 사진을 몇 장 찍어서 우리에게 보내준답니다. 그래야 우리가 한 가족이라고 느낄 수 있다면서요."

그때 비베케는 뒷줄 왼쪽의 수염 난 노인 옆에 선 남자를 알아보았다. 사진 속 그의 머리는 지금보다 짧아 훨씬 젊어 보였다. 그녀는 남자가 항상 이동 놀이 공원을 따라 움직이는데 어떻게 그의 누나가 그에게 편지를 보낼 수 있는지 의아했다. 여행 일정이 정해져 있어 언제 어디로 이동하는지 알렸을까? 한 곳에서 잘 되면 그곳에 예정보다 오래 머무르기도 했으니 그 영향으로 일정표가 엉망이 되기도 했을 것이다.

"커피를 조금 진하게 탔어요." 그녀는 이렇게 말하며 다시 자리에 앉았다.

"괜찮아요." 남자가 젖은 머리를 뒤로 빗으며 그녀를 보고 말했다.

그는 테이블 반대쪽에 있는 소파에 앉아 커피 위로 몸을 구부리다 그 안에 코를 담글 뻔했다. 음. 남자는 쿠션에 기대 이것이 그가 기다려온 전부인 듯 그녀를 뚫어지게 바라보며 웃었다. 그녀는 이렇게 그와 함께 있으니 기분이 좋았다. 직관적으로 남자를 이해했

다. 그가 어떤 사람인지. 그가 필요로 하는 것과 가고
자 하는 인생의 방향까지.

"당신은 이곳저곳을 여행하고 새로운 사람들을 만
나면서 자유롭게 살고 있겠죠? 물론 트레일러를 타고
다니는 시간 외에는 돌아다니지 못하겠지만요." 그녀
가 말했다.

"글쎄요, 모두 장밋빛은 아니죠."

남자의 목소리는 따뜻했다. 그녀는 다시 그의 눈길
이 자신에게 닿아 있음을 느꼈다. 시선이 너무 강해
그녀를 땅에서 들어 올려 공중에 띄워 놓는 듯했다.

"그래도 장미는 당신이 생각하는 것만큼 해롭지 않
을 거예요."

그녀는 속삭이듯 말했다.

남자는 또 웃었다. 그녀는 그가 자신과 맞는다고 생
각했다. 그 생각이 사실임을 몸으로 느꼈고 통찰력은
육체의 판단이었다. 몸은 충분히 믿을 수 있었다.

뒤에 있는 창문에서 외풍이 느껴졌다. 그가 샤워하

고 나오자 트레일러 안의 공기가 후덥지근해졌다. 커튼 뒤 창문에 온통 김이 서려 있을 것이었다. 차가운 공기가 등 위쪽과 목을 휘감았다. 그녀는 어깨를 한껏 웅크리고 두 팔로 상체를 감쌌다. 입술이 부르르 떨렸다. 남자는 어딘가에 스웨터가 있다고 말했다. 그녀는 그가 신호에 매우 민감하게 반응하는 사람이라고 생각하며 웃었다. 남자는 몸을 숙여 소파 밑 서랍을 뒤적였다.

"이번 추위는 정말 오래가네요." 그녀가 말했다. 그의 마음을 열고 그와 좀더 가까워질 말을 할 수 있기를 간절히 바랐다.

"이거 받아요." 남자가 테이블 건너편에서 일어나 담요를 건넸다.

그리고 낮은 천장 아래로 몸을 굽히다가 머그잔을 넘어뜨렸다. 커피가 테이블 가장자리를 지나 바닥으로 흘러내리자 그는 자기도 모르게 욕에 가까운 심한 말을 내뱉었다. 남자의 이마가 땀으로 젖어 있었다.

욘은 만화의 마지막 부분을 내려놓고 일어났다. 볼 일이 급했다. 그는 다시 한 번 소녀를 쳐다보았다. 아직도 자고 있었다. 소녀 눈동자의 흰자위가 약간 보였다. 그는 소녀가 막 깨어나려는 것이라 여겼다. 조용히 서서 잠시 기다려 보았지만 소녀는 조금도 움직이지 않았다. 그는 소녀가 잘 때마다 그런 눈을 하고 있을 것이라 생각했다. 소녀를 깨워 말을 걸고 싶은 충동을 느꼈다. 바로 그때 소녀가 갑자기 눈을 크게 뜨고 그를 쳐다보았다.

그가 "화장실 가고 싶어"라고 말했다.

소녀는 다시 눈을 감았다. 욘은 소녀가 이내 다시 잠들었다는 사실을 알았다. 조금 전 자신을 바라보았을 때 소녀가 잠결이었는지 궁금했다.

모직 담요를 두르자 한결 따뜻해졌다. 비베케는 남자의 가늘지만 강한 손을 바라보며 종이 타월 한 뭉치를 뜯어 테이블과 바닥에 펼쳐 놓았다. 커피가 스며 타월이 갈색으로 변했다.

욘은 침실 문을 열자 삐걱거리는 소리가 났다. 집 안에 다른 소리는 들리지 않았다. 층계참이 어두웠다. 그는 전에 목소리를 들은 사람들이 불을 끄고 외출했을 것이라 생각했다. 어쩌면 잠자리에 들었는지도 모른다. 비베케는 지금 욘이 어디에 있는지 궁금해할 것이다. 계단 꼭대기 난간에서 캐리어와 옷 더미가 보였다. 그는 뒷주머니에서 물총을 꺼내 오른손으로 준비 자세를 취했다. 귀를 기울이며 화장실이 있을 법한 곳으로 몸을 웅크린 채 조금씩 다가갔다. 마침내 조심스럽게 문을 열었지만 그곳은 다른 침실이었다. 그 침실에도 침대가 두 개 있었다. 양쪽 벽에 침대가 하나씩 있고 창문 밑, 방 한가운데에 넝쿨무늬 매트가 깔려 있었다. 한 침대는 정리되어 있지 않았다. 작은 등불이 다른 등불 위를 비췄다. 침대 시트는 엉망이고 침대 옆 바닥에 램프가 켜진 채 책이 한 권 펼쳐진 모습으로 보아 누군가 조금 전까지 그 속에 누워 있던 것 같았다.

그는 문을 닫았다. 이 순간 누군가 어딘가에서 고문을 당하고 있었다. 이 집에 고문실이 있는지도 몰라. 죄수들을 구출해야 했다. 무엇부터 시작해야 할지 몰랐다. 그는 적당한 손잡이를 돌려 벽장처럼 생긴 문을 열었다. 문 안쪽에서 스위치를 발견하고 불을 켰다. 경사진 벽 밑에 나무로 된 좌석이 붙은 변기가 있었다.

그는 변기 안에 오줌으로 원을 그렸다. 집에서와는 다른 냄새가 났다. 변기에 물이 흘러 내려가는 모습을 지켜보자니 여름의 뜨거운 햇빛과 침대에 누워 창밖으로 순백색 하늘을 바라보던 일이 떠올랐다. 그러자 자신이 녹아내리는 것만 같았다.

"우린 내일 또 다른 곳으로 떠날 거예요." 남자가 뜨거운 물이 든 머그잔에 커피 가루를 휘저으며 말했다. 비베케는 어디로 가는지 물었다. 남자는 먼저 서쪽으로 향했다가 남쪽으로 떠난다고 답했다.

"솔직히 여기는 너무 추워요." 그가 웃으며 말했다.

비베케는 고개를 끄덕였다.

"옮겨 다니는 일에 아주 익숙해졌군요." 그녀가 말했다.

남자는 그녀에게 무슨 일을 하는지 물었다.

"지방 정부에서 예술 문화 담당관으로 일해요. 이제 막 시작했어요. 사람들이 친절해서 좋고 외딴 지역인데도 흥미로운 일거리가 있어요. 사람들이 도시로 떠나지 않게 하려면 정체성과 공동체를 확립해야 하고, 그런 면에서 문화는 아주 적절한 도구죠."

그는 귀 기울여 들으며 그녀를 바라보다가 그녀가 말을 마치자 미소 지었다. 그녀는 책 표지를 만지듯 손끝으로 남자의 덥수룩한 턱수염을 만지고 얼굴에 손을 대고 부드럽게 쓰다듬고 싶었다.

"일하지 않을 때는 책을 즐겨 읽어요. 그 일이 제 나름의 여행인 셈이죠. 사실 오늘 밤에도 도서관에 갔는데 문이 닫혔지 뭐예요."

그녀는 잠시 침묵에 잠겼다.

"그래서 대신 여기로 왔고요." 그녀가 말했다.

남자는 그녀 옆에 늘어진 커튼을 응시하고 있었다. 그녀는 지금 그들이 뭔가 공유하고 있다고 느꼈다. 해안가에서 보트를 밀어내고 싶었다. 그녀는 보트가 모래사장을 벗어나 바다 위를 자유롭게 떠다니는 모습을 떠올렸다.

집 어딘가에서 전화벨이 울렸다. 벨이 계속 울려도 아무도 받지 않았다. 욘은 벨소리를 따라 일층까지 내려갔다. 출입구로 통하는 유리문으로 현관에 빛이 스몄다. 벽 옆에 물통이 있었고 그 옆에는 비틀어 짠 천이 바싹 말라 있었다. 그는 전화기를 찾아냈다. 그것은 거울 아래 서랍장 위에 있었다. 그는 거울을 보면서 수화기를 들어 "여보세요?"라고 말했다. 그의 얼굴 한쪽으로 출입구에서 비치는 불빛이 어른거렸다. 처음에는 수화기 건너편에서 들리는 소리가 작은 공항의 출국장처럼 매우 큰 방에서 사람들이 나지막이 콧노래를 부르는 소리처럼 들렸다.

그때 한 남자의 목소리가 들리기 시작했다. 남자는 뭔가 조사하고 있다고 말했다. 지난 한 달 동안 그 집에서 어떤 브랜드 비누를 가장 많이 사용했느냐고 물으며 비누 이름을 줄줄이 늘어놓았다. 욘은 잘 모른다고 말했다. 더구나 그는 이곳에 살지 않는다고 했다. 그러자 남자는 그곳에 사는 사람과 통화할 수 있는지 물었다. 욘은 아무도 없다고 말했다. 남자는 작별하고 전화를 끊었다. 욘은 남자가 아주 먼 나라에서 전화한 것처럼 희미한 신호음을 들었다.

"누구야?"

소녀가 계단에 서 있었다. 전화 소리에 깬 듯했다. 거울 속에 비친 소녀는 얼굴이 좀 부어 보였다.

"왜 아무도 없다고 했어?"

"자고 있는 줄 알았어."

그는 수화기를 내려놓았다.

"날 깨우지 그랬어."

"그럴 걸 그랬나 봐."

"왜 안 깨웠는데?"

"모르겠어." 그는 전화벨이 울렸을 때 어떤 생각이 스쳤는지 기억하려고 애썼다. "그냥 시장 조사였고 누군가 비누에 대해 알고 싶어 했어."

그는 거울로 소녀를 쳐다보았다. 소녀는 아무 말 없이 전화에 시선을 고정하고 있었다. 그의 눈이 다시 깜빡이는 듯했다. 그는 멈추려고 했다. 소녀의 어깨 위로 늘어진 머리카락이 희미한 불빛 속에서 빛났고 빨간 스웨터가 검게 보였다. 그는 소녀가 침실에 있을 때보다 성숙해 보인다고 생각했다. 그녀는 얼핏 열다섯 살, 아니 열일곱 살까지도 보였다.

소녀가 다시 말했을 때 그는 둘이서 침묵 가운데 아주 오랫동안 서 있었던 것 같았다. 소녀는 그에게 코코아를 좀 마시겠느냐고 물었다.

그는 소녀를 따라 부엌으로 갔다. 소녀는 조리대 위

의 스위치를 돌려 전등을 켰다. 불이 깜박거리다 켜졌
다. 욘은 소녀가 우유와 설탕 그리고 코코아를 꺼내오
는 동안 찬장에 기대고 있었다. 기차 세트가 떠올랐다.
아마 내일이면 그것을 받을 것이다. 내년에는 받고 싶
은 선물 목록을 만들어 더 대단한 선물을 받게 해달
라고 기도하렴. 올해는 꼭 필요한 것만 받게 될 테니
까. 하지만 부드러운 포장지에 싸인 옷이나 양말도 나
름 근사하지 않니? 비베케는 자신이 약속 지키는 일
을 좋아한다고 말했다. 사실 기차 세트는 선물 목록
맨 위에 있었다. 비베케는 그가 책상 위에 남겨 둔 목
록을 분명히 보았을 것이다.

그는 시내 상점 창문 안에 전시되어 있던 기차와 풍
경 모형, 초록색에서 붉은색으로 변하는 불빛, 플랫폼
에 있는 작은 인형들이 떠올랐다. 그는 파란 패디드
코트를 입고 상점 밖에 있던 한 소년이 기억났다.

소녀는 소스 팬을 금속 거품기로 저었다. 둘은 나란
히 서서 팬 밑바닥에 깔려 부드러워지는 초콜릿을 말

없이 지켜보았다. 소녀가 우유를 부었다. 그들은 초콜
릿에 우유가 섞여 데워지는 모습을 바라보았다.

소녀는 테이블 위에 팬을 내려놓고 국자로 코코아
를 컵에 담았다. 둘은 마주 앉아 초콜릿으로 만든 콧
수염 모양 빨대로 코코아를 소리 내 마셨다.

"전에는 어디서 살았어?"

"남쪽 멀리. 그러다 이곳으로 이사해야 했어."

"그럼 거기에서는 큰 학교에 다녔겠네?"

"응." 욘이 말했다.

소녀는 그에게 큰 학교에서 어떻게 친구를 사귀었
는지 물었다. 그는 생각에 잠겼다.

"나도 잘 모르겠어." 잠시 뒤 그가 말했다. "어쩌다
그렇게 됐어. 그게 다야. 방과 후에도 역할극 클럽에서
활동했는데 아이들은 바이킹 게임만 했어. 나는 과학
소설에 빠져 있었고."

"부모님은 이혼하셨어?"

"응, 엄마는 거의 도망 나오다시피 했어." 욘이 말했

다. "그때 엄마는 어디에 얽매여 있기에는 너무 젊었
거든. 난 어려서 하나도 이상하게 생각하지 않았어."

"스쿨버스에서 널 본 적 있어." 소녀가 말했다.

욘도 소녀를 봤을지 몰라 곰곰이 되짚어 보았다. 어
느 날 누군가 뒤에서 낄낄거리던 일이 생각났다. 그가
고개를 돌려 보니 여자아이 두 명이 있었는데 한 명은
금발이었고 다른 한 명은 검은 머리였다. 그때 그 금
발 여자아이가 소녀였는지도 모른다.

"지금 몇 반이야?" 그가 물었다.

"4반. 좀 따분해."

소녀는 그에게 이런저런 수업과 담당 교사들에 대
해 말하고 수업이 얼마나 지루한지 이야기하기 시작
했다. 그는 눈 덮인 도로와 대각선으로 반대쪽에 자리
한 집을 바라보았다. 모든 창문이 캄캄했다. 욘은 지금
이 분명히 밤이라고 생각했다. 헤드라이트가 가까워
졌고 그 차가 지나가자 잠깐 시선을 던졌다. 검은색으
로 도색된 밴이었다. 욘은 그 차가 창문 밖에 멈춰 서

면 무슨 일이 일어날지 궁금했다. 차량 옆쪽을 따라 불꽃 모양이 그려져 있어 빠르게 달리면 앞바퀴가 불타고 불길이 뒤에서 따라오는 것처럼 보일 것이었다. 언젠가 그 차와 똑같은 성냥갑 차를 본 적 있다. 그는 검은 옷을 입은 마른 남성이 운전석에서 나와 병뚜껑을 여는 모습을 상상했다. 그리고 자신이 코코아를 들고 앉아 있는 부엌을 똑바로 쳐다보며 병 안에 든 것을 꿀꺽꿀꺽 마시는 모습을 그려 보았다.

소녀는 텔레비전을 켰다. 첫 번째 뮤직비디오는 멀리서 아름다운 색채를 보여주고 점점 초점 거리를 당겨 사물을 자세히 보여주었다. 과일 그릇에 든 멜론 몇 조각을 멀리서 볼 때는 씨앗처럼 보이던 것이 줌인해 보니 실은 꿈틀거리는 하얀 구더기였다.

욘은 마시던 코코아 표면에 얇은 막이 생긴 것을 보았다. 소녀가 볼륨을 높였다. 그들은 여전히 식탁 앞에서 의자에 머리를 기대고 비스듬히 앉아 있었다. 그는 소녀를 유심히 살펴보았다. 스웨터 아래로 작은 타박상 두 개가 보였다. 소녀는 입을 벌리고 화면을 응시하고 있었다. 시간이 꽤 늦었으니 가야 한다고 그는 되뇌었다. 발을 땅에 내리고 일어서려고 준비했다. 지금쯤이면 비베케가 빵을 다 구웠을 것이라 믿었다. 그녀는 주방에 앉아 담배를 피우고 있을 것이다. 그는 그녀가 그의 몫으로 수프 한 그릇을 남겨 놓았기를 바랐다.

소녀는 그에게 자신이 텔레비전을 다 볼 때까지는 갈 수 없다고 말했다. 욘이 봐야 할 프로그램이 하나 더 있다는 말이었다. 지금 그 프로그램을 기다리고 있으니 욘도 그것을 보기 전에는 가면 안 된다고 했다.

남자는 그녀에게 놀이공원에서 일어난 일들을 일일이 전했다. 비베케는 마음속으로 남자를 그려 보고 있었다. 둘은 함께 숲으로 들어갔다. 여름이었다. 남자는 그녀 앞에서 걸어가면서 잔가지를 부러뜨려 맛있는 열매를 맛보았다. 그는 영화에서처럼 몸을 여러 번 돌려 그녀와 마주보며 조용히 웃었다. 나무들 사이에 빈

터가 있었고 밝은 빛이 남자를 비스듬히 비췄다. 태양을 똑바로 바라볼 때처럼 그는 그녀의 마음속에 하얀 얼룩으로 남았다.

남자는 방금 자신이 한 말에 웃고 있었다. 그녀는 미소로 답했다. 그리고 그 말을 생각하기도 전에 벌떡 일어나 화장실에 가야겠다고 말했다. 너무 빨리 일어나 현기증이 일었다. 잠시 트레일러 안의 냄새가 위압적으로 느껴졌다. 그가 샤워한 뒤라 공기는 여전히 눅눅했고 탈취제의 강한 향과 창밖을 볼 수 없다는 사실에 얼굴이 두개골 안으로 눌려 들어가는 기분이었다.

트레일러 안의 작은 욕실 벽은 여러 곳에서 온 엽서로 뒤덮여 있었다. 그녀는 바지를 내리고 변기에 앉았다. 그리고 그들이 이곳으로 옮겨 오기 전에 살던 마을에서 보내 온 카드를 보았다. 밤에 찍은 사진이라 장소를 알아보기 어려웠다. 누군가가 지도를 그리고 지리에 따라 카드를 꽂아 놓았다. 그녀의 눈이 그 땅을 따라 북쪽으로 올라갔다. 마을이 대략 어디에 있는지 알 수 있을 듯했다. 항공 사진이었다. 작은 건물들 사이로 난 완만한 커브 도로, 의회 사무실, 이제는 폐교된 학교, 길게 뻗은 고속도로가 눈에 들어왔다. 놀이공원이 있는 운동장은 붉은 십자로 표시되어 있었다. 그녀는 자신이 사는 집을 찾아보았다. 진입로에 다른 사람의 차가 세워져 있었다.

"예전에도 이곳에 놀이공원이 온 적 있어요." 그녀가 자리로 돌아오며 말했다. 남자는 담배에 불을 붙였다.

"그랬을 겁니다. 다양한 경로를 따라 다니지만 대개는 같은 장소를 고집하거든요." 그는 잠시 말을 멈췄다.

"난 이곳이 처음이에요."

남자는 담배를 비벼 끄며 느닷없이 그렇게 말했다. 담배는 아직 타고 있었다. 순간 그녀는 그의 손이 약간 떨리는 것을 보았다. 남자는 잠시 그녀를 쳐다보았다. 그의 얼굴에 웃음이 가시고 긴장한 기색이 역력했다. 그녀는 남자가 내심 불안감으로 고통받고 있는 것은 아닌지 궁금했다. 그는 그녀 혹은 자신에게 뭔가

묻는 듯했다. 그녀는 그를 위해 좀더 머무르며 이야기를 듣고 싶다는 의중을 눈빛으로 전하려 애썼다.

남자는 배가 고프다고 말했다.

"베이컨과 달걀이 있는데 좀 먹을래요?"

"네, 좋아요." 그녀가 말했다.

그는 웅크리고 앉아서 가스레인지 아래에 있는 작은 냉장고를 열고 달걀과 빵, 베이컨 그리고 버터를 꺼냈다. 남자가 이 안에 있으니 더 작아 보인다고 그녀는 생각했다. 더 날씬해 보이기도 했다. 순간 그녀의 마음속에 그가 책 한 권을 들고 소파 한끝에 웅크리고 있던 모습, 적막감, 그가 찬장 위에서 프라이팬을 꺼내려고 손을 뻗을 때 그에게 느낀 약간의 애정 같은 감정들이 떠올랐다.

소녀는 볼륨을 더 올렸다. 왼쪽 귀에 소리가 유난히 크게 들려 욘은 머리가 한쪽으로 쏠리는 듯했다. 그는 부엌 창문 앞에 서서 개 한 마리가 덤불들 뒤쪽 쓰레기통 냄새를 맡으며 길 건너 진입로를 따라 걸어 올라가는 모습을 지켜보았다. 이곳에 사는 대부분 사람이 같은 종의 흰 바탕에 검은색이나 갈색 무늬가 있는 개를 키웠다. 개들은 이리저리 마음대로 뛰어다녔다. 비베케는 개를 무서워하는 사람이라면 그런 모습을 두려워할 것이라 여겼고 그래서 그들이 좀처럼 집 밖으로 나오지 않는 것이라 말했다. 개는 덤불 뒤로 사라졌다가 반대쪽에서 나타나 현관까지 올라갔다. 그리고 유일하게 켜진 외등의 불빛 속으로 들어갔다. 문은 계속 닫혀 있었다. 안에 아무도 없었으므로 밖에서 부르거나 휘파람을 부는 사람도 없었다. 개는 그가 더 이상 볼 수 없을 때까지 계속 걸어갔다. 그리고 몇 초 뒤 집의 다른 쪽에서 걸어 나왔다. 개는 멈춰 서서 다리를 들어 올리더니 눈발이 가루처럼 흩날리는 도로를 따라 다시 질주했다.

그는 다시 텔레비전으로 고개를 돌렸다. 많은 사람이 검은 합성수지로 만든 옷을 입고 서로 비벼대는 영상이 나오고 있었다. 한 여성은 재킷에 구멍이 나서 유두가 보였고 가슴 사이로 옷핀이 보였다. 군중 가운데 한 사람이 다가와 그것을 잡아당기기 시작했다. 욘은 그렇게 하면 매우 아프지 않을까 생각했다.

문 쪽으로 몸을 획 돌리자 욘은 외풍을 느꼈다. 한 여자와 남자가 그곳에 서 있었다. 그들은 마치 오래된 사진 속 모습처럼 양손을 옆구리에 대고 나란히 서 있었다. 그리고 배터리의 힘으로 작동하듯 갑자기 움직이기 시작했다.

여자는 소녀에게 볼륨을 줄여 달라고 했다. 그리고 욘에게 인사를 건넨 다음 함께 테이블 앞에 앉았다. 욘은 그들이 소녀의 부모일 것이라 생각했다. 그들은 그가 모르는 사람에 대해 이야기를 나누고 있었다. 소녀의 어머니는 일어나 컵 두 개를 가져와 그 안에 차가운 코코아를 부었다. 그녀는 하나를 남자에게 건네고 다른 한 컵은 자신이 마셨다. 욘은 그들이 비베케보다 나이가 들어 보인다고 생각했다. 그들은 조금도 서두르지 않았다. 남자의 머리는 헝클어져 있었다. 남자는 소녀의 어머니와 이야기를 나누며 농기구 판매책자를 획획 넘겨 보고 있었다. 그의 손은 큼지막했고 겨울인데도 햇볕에 그을려 있었다.

"드디어 나온다!" 소녀가 텔레비전을 가리키며 소리쳤다. "좀 일찍 볼걸. 정말 대단해."

소녀는 모인 사람이 모두 들을 수 있도록 다시 볼륨을 높였다. 소녀의 어머니는 일어나 카운터로 갔다. 그리고 비닐봉투에서 빵 한 덩어리를 꺼냈다. 그녀는 나이프로 빵을 얇게 썰며 남편과 이야기를 주고받았다. 욘은 그녀가 매우 쾌활한 사람이라고 생각했다.

음식 냄새가 조금 전 그가 사용한 탈취제 향기와 뒤섞였다. 베이컨 냄새가 좋다고 느끼면서 비베케는 자신이 얼마나 배고팠는지 깨달았다.

"전에 달걀 프라이를 해 본 적이 있나 봐요." 그가 프라이팬에 달걀을 깨 넣으며 미소를 지어 보이자 그녀가 말했다. 남자는 놀이공원에 임시 요리사가 있어 직접 요리하는 일은 드물다고 말했다. 이렇게 이야기하는 사이 그는 접시며 숟가락과 나이프, 컵 두 개와 프라이팬 받침대를 꺼냈다. 남자는 식탁 너머로 몸을 굽혀 그것들을 조심스럽게 배치했다. 비베케는 식탁 위에 손을 올려놓았다. 손톱을 짙은 붉은색으로 칠한 그녀의 가녀린 손은 창백하고 섬세해서 그의 남성다운 모습과 대조되었다.

남자는 그녀의 몸짓을 눈치채고 그녀의 얼굴 쪽으로 자기 얼굴을 낮췄다. 순간 그녀는 그의 눈이 초록빛을 띤 회색이라는 사실을 알았고 오른쪽 뺨에서 그의 숨결을 느꼈다. 남자가 가까이 몸을 기울이자 그의 입술이 벌어지며 혀가 침으로 촉촉이 젖기 시작했다.

그는 씹는담배를 피운 것 같았다. 그의 머리 뒤 천장으로 줄에 매달린 전구가 보였다. 전구는 앞뒤로 흔들리더니 이내 더 빨리 움직였다.

소녀의 어머니는 빵을 접시 위에 쌓아 식탁 가운데에 놓았다. 그녀는 냉장고를 열고 간장과 잼 약간, 우유 두 갑을 꺼냈다.

그녀가 그에게 이름을 묻자 그는 "욘이에요"라고 대답했다. 그녀는 미소를 지어 보였다.

그녀는 아이들에게 놀이공원에 가 봤는지 물었다. 놀이공원을 지나치며 보니 주민 센터 밖에 차가 많이 세워져 있었다고 말했다. 이웃 중 한 사람을 보았는데

그가 매우 우스꽝스러워 보였다고 이야기했다. 그녀가
그 사람을 흉내 내며 얼마나 웃어대는지 배가 위아래
로 흔들릴 정도였다. 욘은 놀이공원에 대해 까마득히
잊고 있다가 그제야 외출했을 때 그곳을 향하고 있었
다는 사실이 떠올랐다. 그가 소녀를 바라보자 소녀도
그를 돌아보았다. 소녀가 자신을 놀이공원에 가지 못
하게 막아서 다소 까칠한 표정을 지었을 것이라 짐작
했다. 그는 소녀의 어머니를 쳐다보았다. 이제 그녀는
카운터로 돌아가 짤막한 노래를 흥얼거리고 있었다.

욘은 그녀의 등에 겹친 살을 세어 보았다. 다섯 개
였다. 소녀의 아버지도 통통한 편이었다. 그는 그들이
이렇게 날씬한 딸을 두었다는 사실을 좋아할 것이라
생각했다. 소녀 부모의 머리는 검은색이었지만 소녀
의 머리는 흰색에 가까웠다. 바로 나처럼. 욘은 중얼거
렸다.

"잠깐만요." 비베케가 말했다.

"왜요?" 남자가 물었다.

"달걀이 다 타겠어요."

"달걀은 잊어요." 그는 이렇게 중얼거리고 나서 미소 지으며 그녀에게 다가섰다. 그녀는 몸을 돌려 오른손으로 프라이팬 손잡이를 잡았다. 그리고 그것을 뒤쪽에 있는 버너로 살짝 밀어 넣었다. 남자는 엷게 웃으며 똑바로 서서 손으로 곱슬곱슬한 머리를 빗어 넘겼다. 그는 그녀를 물끄러미 바라보며 불을 껐다. 눈길로 그녀를 설레게 하며 그녀에게 에너지를 불어넣었다. 누가 회색 눈은 이글거리지 않는다고 했던가. 남자는 강렬한 눈빛으로 그녀를 어루만졌고 그녀는 그 눈빛을 흠뻑 빨아들였다.

그녀는 머리를 젖혀 얼굴에서 머리카락 몇 가닥을 걷어 내고 몸을 단정히 한 다음 온 마음으로 그를 바라보았다. 그리고 숨을 길게 내쉬었다. 매우 가까워졌지만 잘 참은 듯해 기뻤다. 이건 아닌 것 같아. 아직은 아니야, 여기도 아니고. 그는 정말 잘생겼지만 그들이 상대에게 굴복한다면 적어도 둘에게 어울리는 장소여야 한다는 생각이 들었다. 그녀에게 좀더 어울리는 곳.

그녀는 볼이 빨개졌다. 소리 내 웃으며 매력적이고 자신감 넘치는 기분을 만끽했다. 자신이 얼굴을 붉히면 남자를 더 흥분하게 만들 것이고 이것이 나중을 위해 중요한 발판이 될 것이라 생각했다. 그는 내가 빨갛게 타오르는 모습을 볼 수 있을 거야.

그녀 뒤에서 창문 두드리는 소리가 났다. 그녀는 돌아서서 커튼을 한쪽으로 열었다. 흰 가발을 쓴 여자였다. 여자가 얼굴이 창문에 눌린 채 안을 들여다보고 있었다.

욘은 부엌문 옆쪽 벽을 올려다보았다. 전등 스위치 옆에 공작새 그림이 걸려 있었다. 검게 칠한 나무 패널에 압정을 새 모양으로 두드려 박은 그림이었다. 순간 욘은 손바닥에 못이 박힌 예수의 손이 떠올랐다. 각양각색의 실이 압정 사이로 잘 짜여 있었다. 새의 윤곽은 다양한 명도의 주황색이었다.

소녀의 엄마는 욘이 그림을 바라보고 있다는 것을

알았다.

"우리 큰애가 만든 거란다. 거실에 두 개 더 있지. 일부러 특이하게 보이도록 만든 건 아니야. 학교에 다닐 때도 늘 그랬으니까."

그녀는 식탁에 앉아 빵에 버터를 바른 뒤 미소 지으며 욘에게 접시를 건넸다.

"지금은 무슨 일을 하는데요?" 욘이 물었다.

그녀는 소녀의 아버지를 바라보았다. 그는 트랙터 사진 밑에서 책을 읽다가 위를 흘끗 쳐다보았다.

"저 애가 뭐라고 말한 거야? 지금 무슨 일을 하느냐고?"

소녀와 어머니는 소녀의 아버지가 말을 귀담아듣지 않고 있었다는 사실을 알고 킬킬거렸다.

"남쪽으로 이사했는데 우리도 한동안 소식을 듣지 못했단다. 어느 농장에서 일하고 있어."

소녀의 아버지는 아내가 이야기하는 동안 브로슈어를 다시 내려다보고 있었다.

"그 애는 카페테리아에서 한 아가씨를 만났단다. 버스를 기다리다 그곳에서 일하던 아가씨와 마주쳐 서로 이야기를 주고받았지. 그러다 작년에 딸아이를 낳았어. 지금은 셋이서 농장에서 잘 살고 있단다."

소녀의 어머니는 이야기하다 일어나 서류와 사진이 가득한 서랍을 열었다. 그녀는 이리저리 뒤적이다 사진을 한 장 찾아 욘에게 건넸다.

"사라!" 그녀는 사진을 보고 고개를 끄덕이며 말했다. "가수가 되려고 했다나."

욘은 커다란 침대 한가운데서 옅은 녹색 담요를 뒤집어쓰고 있는 귀엽고 빨간 얼굴을 보았다. 피곤을 느꼈다. 그는 사진을 돌려주고 그녀가 꽉 찬 서랍 속에서 계속해 찾고 있는 다른 사진들을 바라보았다.

흰 가발을 쓴 여자는 목까지 망토를 꼭 여미고 있었다. 비베케는 그녀가 창문 아래에 쌓인 눈 더미를 밟고 올라왔을 것이라 생각했다. 그들의 얼굴은 서로 오십 센티미터도 떨어져 있지 않은 채 수평을 이뤘다.

그녀는 자신이 무엇을 보았는지 의아했다. 커튼이 쳐져 있었지만 실내에는 불빛이 환했다. 그녀는 당황하지 않은 것처럼 보이려고 애썼다. 어차피 볼 것도 별로 없었고 그녀와 아직 서로 아는 사이도 아니었다. 비베케는 반쯤 미소 지으며 자신을 응시하는 여자에게 웃음으로 답해야 할지 확신하지 못했다. 여자의 눈은 곧바로 남자에게 쏠렸다. 남자가 바로 뒤에 서 있어 비베케는 등에서 그의 온기를 느꼈다. 둘은 그곳에 잠시 서 있었고 여자는 돌아서서 걸어갔다.

욘은 지금이 몇 시인지 물었다.

"벌써 열한 시란다." 소녀의 아버지가 고개를 숙인 채 바로 대답했다.

욘은 열한 시가 넘었을 것이라 여겼지만 그 생각을 말로 내뱉고 싶지는 않았다. 소녀가 일어나 텔레비전을 껐다. 방 안이 조용해졌다. 소녀는 하품하고 나서 팔다리를 뻗었다. 욘은 소녀의 빨간 스웨터가 위로 올라갈 때 살짝 드러난 맨살을 보았다.

"이제 자러 가야겠다. 나중에 또 만나." 소녀가 욘에게 말했다.

소녀는 식탁 너머로 몸을 기대고 아버지의 볼에 입을 맞췄다. 바지가 엉덩이에 딱 달라붙어 욘은 소녀가 남자아이처럼 보인다고 생각했다.

비베케는 한 손으로 커튼을 붙들어 열어 놓은 채 앉아 있었다. 일찌감치 불이 꺼진 듯 밖은 더 어두워 보였다. 그녀는 몸을 숙여 차가운 창문에 뺨을 밀착시킨 채 놀이기구 쪽으로 걸음을 내딛는 여자를 지켜보았다. 여자는 조금 더 가더니 다른 트레일러 앞에 멈춰 문을 열고 안으로 들어갔다.

비베케는 다시 식탁으로 돌아왔다. 그녀는 남자에게 여자가 누구인지 아느냐고 물었다. 그는 프라이팬을 들어 올리고 거의 탄 음식을 나이프로 두 접시에 나눠 담았다. 그녀는 남자가 입을 열었다 닫는 모습을 보았다. 그는 그녀를 보더니 여전히 나이프를 잡고 무의미하게 손을 들어 올렸다.

"여기서 일하는 여자예요."

남자는 프라이팬을 식탁 위 매트에 내려놓았다.

"조금 전에 그녀에게서 복권을 샀거든요. 그런데 좀 이상해 보여요. 정신이 약간 혼미한 것 같기도 하고 뭔가를 찾는 듯하기도 하고요." 비베케가 말했다.

"그리 틀린 생각은 아닐 거예요."

남자는 나이프로 노른자를 터뜨리며 미소 지었다. 이윽고 달걀을 조각 낸 뒤 포크로 입에 들어 올렸다.

"그런 사람들은 당장은 괜찮을지 모르지만 조금 지나면 골치 아프기 마련이죠."

남자가 말할 때마다 음식으로 볼이 볼록했다. 그녀를 향한 그의 눈초리는 자기가 하는 말이 확실하다고 그녀가 인정해 주기를 바라는 듯했다. 그녀는 고개를 끄덕였다.

그녀는 밖에서 나는 소리와 사람들 목소리, 발소리와 뭔가 긁는 소리에 귀 기울이고 있었다.

지금 이 순간 그녀가 원하는 것은 그가 얼마나 멋져

보이는지 말해 주는 것이었다.

그가 베이컨을 바삭바삭 씹는 소리 외에 모든 것이 고요했다. 그때 어디선가 발전기가 돌아가며 윙윙거리기 시작했다.

욘은 의자 옆에 서 있었다. 소녀가 자러 갔으니 그
도 가야 했지만 이곳에 미련이 남았다. 식탁 위에는
냄비에 그을린 자국이 나 있었다. 소녀의 아버지는 이
제 지역 신문을 훑어보고 있었고 소녀의 어머니는 카
운터에서 등을 돌린 채 팬에 남은 음식을 작은 비닐봉
투에 나눠 담고 있었다. 그녀는 욘에게 자신도 이 지
역 사람이 아니라고 말했다. 이곳보다 훨씬 남쪽인 핀
란드에서 왔지만 남편이 마을 전체와 관계를 맺고 있
어 여기를 편안하게 느낀다고 이야기했다. 욘은 그녀

아들의
밤

가 일하는 모습을 지켜보았다. 그녀가 계속해서 욘과 이야기를 나눈다면 이 집에 더 머물러도 괜찮을 것 같았다. 그녀는 팔만 움직일 뿐 뚱뚱한 몸은 그대로 둬서 안정적이고 차분하게 보였다. 비닐봉투가 가득 차면 봉투를 빙빙 돌려 얇은 끈으로 휘감았다. 그녀는 그를 보고 웃더니 부엌에서 비닐봉투들을 가지고 나갔다. 곧이어 경첩에서 문이 삐걱거리고 묵직한 발이 계단을 내려가는 소리가 들렸다. 그는 지하실에 냉장고가 있다고 추측했다. 소녀의 아버지는 고개를 들지도 않고 신문을 넘겼다. 내일이면 욘은 아홉 살이 된다. 그는 가슴이 들뜨는 듯했다. 그 감정을 입 밖에 내놓고 싶었지만 끝내 아무 말도 하지 않았다. 그는 미소를 띠웠다. 소녀의 어머니가 다시 지하 계단으로 올라오는 소리가 들렸다.

남자는 어딘가 난처해하는 것처럼 보였다. 조금 전과는 사뭇 달랐다. 비베케는 그와 중요한 이야기를 나누고 싶었다.

"위스키 한 잔 어때요?"

남자는 열린 찬장 앞에 서 있었다. 그녀가 미처 대답하기도 전에 그의 한 손에는 유리잔 두 개가, 다른 손에는 술병이 들려 있었다. 남자는 잔과 술병을 테이블에 올려놓고 지저분한 접시들을 카운터로 옮겼다. 그리고 그녀가 남긴 음식을 먹어 치웠다.

"다음에 뵙겠습니다." 욘이 말했다. 소녀의 아버지는 대답으로 그가 이해할 수 없는 말을 건넸다. 현관으로 접어드는 길에 욘은 곧장 소녀의 어머니 쪽으로 걸어 갔다. 그가 그녀에게 안기자 두 팔에 커다란 배가 느껴지고 입 주위가 무거운 가슴에 파묻혔다. 그는 인사를 중얼거리며 눈을 깜빡이지 않으려 애썼다.

부츠를 신고 일어서는 순간 그는 현기증을 느꼈다. 왼손을 벽에 대고 몸의 균형을 잡았다. 심장에 문제가 있는 듯했다. 현관문은 잠겨 있지 않았다. 그는 집을 나선 뒤 문을 닫고 문이 제대로 닫혔는지 확인했다.

집 뒤쪽 숲은 캄캄했다. 집 모퉁이의 눈 속에는 개

의 오줌 구멍이 나 있었다. 욘은 전에 본 개가 여기에 살고 있을지도 모른다고 생각했다. 욘이 개를 키울 수 있는지 물어볼 때마다 비베케는 그것이 개를 키우는 것이 아니라 털을 키우는 일이라고 말했다.

손이 벌써 차가웠다. 그는 두 손을 바지 주머니에 넣었다. 소녀가 생각났고 잠든 소녀에게서 본 흰 눈동자가 떠올랐다.

진입로를 내려가 도로에 들어섰다. 그는 다음 날 통학버스를 타면 꼭 소녀를 찾아보겠다고 다짐하고 소녀를 발견하면 말을 걸지도 모른다고 생각했다.

어쩌다 마시는 술은 해가 되지 않을 것이라 혼잣말하며 비베케는 남자에게 술을 받았다. 위스키는 증류된 불처럼 황금빛을 띠고 있었다.

"게다가 요즘 날씨가 계속 너무 추웠어요." 그녀가 큰 소리로 말했다.

"맞아요." 남자는 잔을 들어 급하게 마신 뒤 술을 한잔 더 따랐다.

그들은 각자 담배에 불을 붙였다. 그는 금고를 들고 머리가 맑을 때 수입과 지출을 맞춰 봐야 한다고 말했다. 비베케는 구석에 돌돌 말린 이불에 몸을 기대고 소파에 다리를 올렸다. 그녀는 잔을 가슴에 올려놓고 자신이 내뿜는 연기 사이로 그를 지켜보았다. 남자는 돈 위로 머리를 숙인 채 앉아 있었다. 그는 발로 리듬을 만들며 노래를 흥얼거렸다. 비베케는 둘만 있기에 남자가 얼마나 기분 좋은 상대인지 생각했다. 마음 편하고 인습에 얽매이지 않은 사람. 그녀는 바깥에서 떠돌아다니는 소리, 쾌활한 목소리, 자동차의 활기찬 엔진 소리와 과속하는 소리를 유심히 들었다. 자신이 이렇게 남다른 남자와 작은 트레일러에 함께 있다는 사실에 선택받았다는 생각과 더불어 특별함을 느꼈다. 남자는 갑자기 큰 소리로 노래를 부르기 시작했다. 평범하게 흥겨운 노래에 열광적인 코러스가 더해진 재즈 곡이었다. 탁자는 드럼 키트였고 손가락은 유리잔에 가볍게 부딪히는 심벌이었다.

그녀는 남자를 보고 웃었다.

온기가 느껴졌다. 그가 히터 온도를 높인 듯했다. 그

녀는 땀을 흘리고 싶지 않아 스웨터를 벗었다. 안에는 실크와 아마가 섞인 청색과 회색으로 된 목이 넓은 상의를 입고 있었다. 그녀는 눈을 지그시 감고 그의 노래를 들었다. 남자가 그렇게 제약받지 않은 채 편안하고 사교적으로 굴어 무척 기뻤다.

용은 진입로를 돌아 나와 도로로 접어들었다. 지나다니는 차가 없어 혼자 도로 중앙을 걸었다. 눈 속에다 쓰고 난 폭죽이 몇 개 널려 있었다. 그는 그중 하나를 집어 들어 주머니에 넣고 폭죽이 터진 뒤에 무엇이 남는지 조사해 볼 수 있겠다고 생각했다. 학교 과학실에서 현미경을 빌릴 수 있었다. 그는 다시 눈을 깜박이고 있다고 느꼈다. 때때로 자신이 그렇게 하고 있다는 사실을 잊었다. 눈을 한 번 깜박일 때마다 몇 걸음을 갈 수 있는지 알아보려고 했다. 자동차 소리가 들려 고개를 돌려 보니 어떤 차가 마을에서 나와 빠르게 지나가고 있었다. 그는 도로 가장자리에 비켜서서 눈이 쌓인 둑 위로 뛰어올랐다. 그리고 차가 지나갈 때 쳐다보았다. 빨간색이었다. 전에 그 차를 본 적이 있다고 생각했는데 어디에서 봤는지는 기억나지 않았다. 운전대를 잡고 있는 남자는 짧게 깎은 머리에 긴 담배를 물고 있었다.

남자가 노래를 멈추자 그녀는 눈을 떴다. 그는 돈을 다 세고 나서 똑바로 앉아 있었다. 그는 그녀를 바라보았다. 그의 시선은 그윽하고 깊이를 헤아릴 수 없었다.

"모두 끝났습니다." 그가 말하며 손뼉 쳤다. 공중에서 큰 소리가 울려 퍼졌다. "이제 좀 활기찬 곳을 찾아볼까요?"

그녀는 그와 둘이서 외출하게 될 줄은 몰랐다. 불빛이 희미한 댄스 플로어에서 남자가 그녀를 껴안고 그녀의 귀에 감미로운 사랑의 밀어를 들려주는 모습을 그려 보았다. 그녀는 왜 그런 생각이 진작 떠오르지 않았는지 궁금했다. 그것은 단지 그들이 서로 자유롭게 하고 각자의 잠재력을 발산시킬 방법을 보여주는 일이라고 생각했다.

"네, 그래요." 대답하고 나자 그녀는 흥미가 돋았다. "멋진 밤이 될 거예요."

남자는 약간 놀란 표정이었다. 그녀가 거절할 것이라 생각했을까? 그는 아직 나에 대해 모르는 것이 너무 많아. 그녀는 웃으며 생각에 젖었다.

남자는 두꺼운 모직 스웨터를 입고 몸부림치듯 가죽 재킷을 걸치고 나서 니트 모자를 귀 위로 덮어쓴 뒤에 거울을 보았다. 머리카락이 얼굴로 흘러내리지 않아 눈이 더욱 커 보였다. 순간 그녀는 그가 떠난다면 어떨지 생각하며 감정의 통증을 심하게 느꼈다. 그의 눈 속에는 그녀가 알아봐야 할 것과 좀더 가까이 하고 싶은 것이 있었다. 그녀는 일어나 남자를 지나쳐 코트를 걸어 둔 현관문으로 가서 옷을 입었다. 외출할 준비를 마치자 몸을 돌려 화장실 옆 벽에 기댄 채 그를 올려다보았다. 그녀는 그의 마음속 목소리를 들으며 뭔가를 기다리고 있었다.

남자가 문을 열었다. 그들은 밖으로 걸어 나왔다.

몹시 추웠다.

그녀는 어느 트레일러 안에서 어떤 남자의 성난 목소리를 들었다.

남자가 다른 트레일러 중 하나를 두드릴 때 그녀는 몇 미터 뒤에서 기다렸다. 자그마한 체구에 앙상하게 뼈만 남은 나이 지긋한 남자가 문으로 다가왔고 그녀는 안에서 흘러나오는 빛 때문에 그의 얼굴을 제대로 볼 수 없었다. 그의 얇고 흰 머리카락 사이로 불빛이 빛났다. 그녀는 금고의 주인이 바뀌고 두 남자가 웅성웅성 몇 마디 말을 주고받는 모습을 보았다. 남자는 체중을 양다리에 고르게 분산하고 서 있었다. 키가 컸지만 노인이 두 계단 높이 서 있어 그를 올려다보아야 했다. 노인은 문 안에 걸린 외투 주머니에서 지갑을 꺼내고 뭔가를 빼내 남자에게 주었다. 쨍그랑거리는 소리를 들으니 열쇠 뭉치 같았다. 문 안에 있는 남자가 그녀를 흘깃 쳐다보았다. 그녀는 그에게 미소를 보냈다. 안에서 아이들 목소리가 들렸다. 남자아이와 여자아이였다. 아이들은 게임을 하는 듯했다.

그녀는 텅 빈 놀이공원을 가로질러 그를 따라갔다. 놀이기구를 지날 때 그녀는 남자가 기품 있게 걷는다고 느꼈다. 날렵하게, 체형이 좋은 남자답게. 그는 그녀보다 너무 빨리 걸었다. 그녀는 남자가 추위 때문에 되도록 빨리 차에 타고 싶어 한 것 같다고 생각했다.

그는 놀이공원 입구 밖에서 왼쪽으로 방향을 돌려 상자 모양의 진녹색 차량을 향해 걸었다. 비베케는 그렇게 생긴 차들을 뭐라고 부르는지 몰랐다. 얼핏 지프처럼 보였다. 군대에 남아도는 차인지도 몰랐다.

남자는 문을 열기 전에 그녀를 힐끗 쳐다보았다. 그는 차 안으로 들어가 의자에 기댄 채 안쪽에서 조수석 문을 열어 주었다. 비베케는 발판을 딛고 차에 올라탔다. 남자는 점화 장치를 돌리며 그녀를 쳐다보았다. 그녀에게 뭔가 물어보는 듯했지만 그녀는 그것이 정확히 무엇인지 짐작할 수 없었다. 그녀는 그가 마음 편하도록 그냥 웃어 보였다. 그가 좀더 분명하게 굴기를 바랐다. 그녀는 사람들이 생각을 솔직하게 말하는 것을 좋아했다. 그래야 상대의 마음이 어디쯤 있는지 헤아릴 수 있기 때문이었다.

엔진 시동이 한 번에 걸렸다. 둘은 자리에 앉아 잠시 서로 흘긋거렸다. 남자는 그녀의 의자 뒤로 팔을 뻗어 뒤쪽 창을 향해 고개를 돌리고 손바닥으로 핸들을 돌리며 후진했다.

차는 힘이 매우 좋았다. 트레일러를 끌 때 사용하는 차일 것이라 그녀는 생각했다. 크고 두꺼운 타이어를 떠올렸다. 타이어는 접지력이 매우 좋을 것이었다. 그녀는 좀더 편안하도록 몸을 좌석에 다시 기댔다. 남자는 주민 센터 옆 주차장과 슈퍼마켓을 통과해 의회 사무실을 지나 차를 운전했다. 이곳저곳에 주차된 차가 몇 대 있을 뿐 주변에는 아무도 없었다. 사람들이 내일 놀이공원에 관해 이야기할 것이라고 비베케는 생각했다. 이것이 문화에 대한 그들의 생각이자 바람이었다. 하지만 마지막으로 교회에서 재즈 콘서트가 열리거나 작가가 도서관에 초청되어 책을 낭독한 적이 언제였을까?

그는 상단 기어를 넣어 속도를 높이며 고속도로로 방향을 틀었다. 히터에서 뜨거운 바람이 나오고 있었다. 그는 몸을 숙여 라디오에서 신나는 음악 채널을 찾았다. 그녀는 안전벨트를 맸다. 그는 또다시 콧노래를 부르기 시작했다. 그녀는 도로를 내다보았고 야광 표지 막대를 따라 시선을 옮겼다. 밤에는 고속도로에 차가 거의 없다고 생각했다. 어두운 가운데 남쪽에서 출발한 그의 차는 길게 뻗은 텅 빈 아스팔트 위에 누군가 수수께끼처럼 켜놓은 조명처럼 보일 것 같았다. 몇백 미터에 걸쳐 불이 켜진 도로를 지나니 마을 입구로 들어가는 표지판이 눈에 들어왔고 실제로 이 마을에 사람들이 살고 있다는 사실을 깨달았다.

자동차 불빛이 길게 비춰진 도로를 뒤로 하며 나아가자 헤드라이트 빛이 닿지 않은 곳이 모두 즉시 캄캄해졌다. 그녀는 남자가 어떤 노래에 빠져 있는지 몰랐다. 라디오에서 다른 음악이 흘러나와도 그는 짧은 노래 한 소절만 반복해 흥얼거렸다. 그녀는 어릴 때 차에서 그랬던 것처럼 어떤 노래든 함께 불러야 한다고 생각했다. 그리고 눈을 감았다. 그녀는 남자가 커브를 가볍게 통과하는 모습을 보고 그가 운전에 노련하다고 여겼다. 자신이 얼마나 만족하는지 그가 알아차릴 수 있을까 궁금했다.

"무슨 이야기든 해 봐요." 그녀가 말했다.

"어떤 이야기요?"

"당신 머릿속에 가장 먼저 떠오르는 것."

남자는 아무 말도 하지 않았다.

그렇다면 그녀가 그를 도와야 했다. 그녀가 계속해서 노력하면 결국 그를 설득할 수 있을 것이었다.

"멋진 압운이 들어 있는 이야기가 생각났어요. 내가 아는 매우 아름다운 것 가운데 하나예요." 그녀가 말했다.

"정말이요?"

"이렇게 시작돼요.

멀고 먼 곳에 바다가 있었네.

바다에는 섬이 있었지.

섬에는 교회가 있었고,

교회에는 우물이 있었네.

우물에는 오리가 헤엄치고,

오리는 알을 품고 있었네.

그리고 알 속에는,"

그녀는 숨찼다.

"알 속에는 내 마음이 들어 있었네."

속삭임처럼 그녀의 말이 흘러나왔다.

라디오에서 들리는 목소리는 도시의 영화관에서 개봉될 예정인 새로운 영화를 이야기하고 있었다. 모든 것이 너무 외진 것 같았다. 자동차와 도로, 헤드라이트의 빛줄기만 존재했다. 그녀는 남자를 바라보았고 그는 웃지도 않고 심각한 표정으로 앞만 똑바로 응시하고 있었다. 자신이 한 이야기에 감동해 그 의미를 파악하느라 애쓰는 것은 아닐까? 그녀는 숱이 많아 다루기 어려운 그의 곱슬머리 사이로 손가락을 움직여 머리를 쓰다듬고 싶었다.

그녀는 손을 뻗어 그렇게 했다.

남자가 그녀를 흘끗 쳐다보았다.

그녀는 앞으로 펼쳐지는 도로와 제설차가 길가로 밀어 놓은 눈 제방, 도로의 야간 표지 막대, 숲을 차례로 바라보았다. 그녀의 시선이 닿는 곳 어디에나 눈이 쌓여 있었고 지금도 내리고 있었다. 노란 표지판이 나타났다. 시내에 도착하려면 좀더 가야 한다는 사실을 일러주고 있었다.

욘은 사실일 리 없다는 것을 알면서도 날씨가 더 추워지지 않을 것 같다고 생각했다. 밤이 되면 언제나 좀더 추웠다. 도로는 텅 비어 있었다. 길은 낮보다 크고 어딘가 더 넓어 보여 집으로 가는 길이 더 멀게 느껴졌다. 그는 뒤에서 빠른 발소리를 듣고 혹시 예전처럼 그 개가 쫓아오지 않나 싶어 뒤돌아보았다. 정말 개가 멈춰 서서 땅 위를 킁킁거리며 냄새를 맡고 있었다. 순간 욘은 머리에서 맥박이 사정없이 뛰는 것을 느꼈다. 심장에는 어떤 이상도 없을 것이었다. 그는 허벅지를 쓰다듬은 뒤 개를 향해 다가갔다. 개는 좁은 머리를 들어 그를 잠깐 쳐다보더니 다시 돌아가 코를 킁킁거렸다. 그는 눈을 약간 모아 뭉쳐 보려고 했다. 하지만 예전처럼 속수무책이었다. 눈이 너무 딱딱했기 때문이다. 순식간에 손이 얼어붙어 눈을 허공으로 던졌다. 눈이 땅에 닿아 부서지자 개가 얼음 조각에 흥분해 껑충껑충 달려왔다. 그는 간신히 개를 불러

목덜미를 쓰다듬었다. 개는 꼬리를 흔들었다. 그가 달
리기 시작하자 개도 뒤따랐다.

현관문은 잠겨 있었다. 욘은 숨이 찼고 목도리 밑이 땀으로 축축했다. 그는 주머니 속에서 열쇠를 찾아보았다. 보통은 바지 앞주머니에 넣어 둬 허벅지에 손을 대면 열쇠가 느껴졌다. 하지만 거기에는 없었다. 다른 주머니에도 없었다.

그는 비베케를 깨우고 싶지 않았다. 그녀가 잠자리에 들 때 문을 잠갔을 것이라 생각했다. 그녀는 케이크를 굽고 나서 그를 기다리다 지쳤는지도 모른다. 그는 주머니를 다시 한 번 뒤져 보고 초인종을 눌렀다.

벨은 집 안에서 길고도 단호하게 진동하며 울렸다. 그는 그녀의 맨얼굴과 연푸른 드레싱 가운 밑으로 드러난 가는 다리를 떠올렸다. 그녀는 그에게 피곤한 표정을 지어 보일 것이다. 그녀는 그를 들여보내지 않을 듯했고 그러면 아침까지 밖에 있어야 할지도 몰랐다. 그가 너무 늦게까지 집에 들어오지 않았기 때문이다. 그래서 더욱 그녀를 깨우고 싶지 않았지만 도무지 열쇠를 찾을 수 없었다.

아무런 인기척이 없었다. 그는 다시 초인종을 눌렀다. 이번에는 집게손가락으로 흰 단추를 더 길게 꾹 눌렀다. 집주인 이름이 새겨져 있어야 할 옴폭 파인 부분에 빛이 비쳤지만 아무 이름도 없이 텅 비었고 덮개 뒤로는 배선이 덩그러니 드러나 있었다.

그는 몸을 획 돌려 문에 기대섰다. 열쇠는 거실 탁자 위에 있을 것이었다. 투명한 플라스틱으로 감싸인 도널드 덕 열쇠고리를 마음속으로 그려 보았다. 그것을 빙빙 돌리면 영락없이 도널드가 그를 주시하고 있는 것처럼 보였다.

집 앞 공간이 더 넓어졌다는 생각이 들었다. 차가 없었고 안에 비베케도 없었다. 무슨 일이 생긴 것 같았다.

혹시 사고가 난 것일까? 비베케는 겨울에 운전하는 일을 좋아하지 않았다. 이곳은 늘 겨울이라 만에 하나 그녀가 추락했다면 지금쯤 마비되어 휠체어에 앉아 있을 것이다. 아니면 아직 누구에게도 발견되지 못해 피를 흘리며 죽어가고 있을지 모른다. 차가 폭발해 화염에 휩싸였다면 고통받으며 죽어가고 있을 것이다. 피부가 온통 불타면 얼마나 고통스러울지 그는 애써 상상해 보았다. 아무에게도 발견되지 못하고 그녀 혼자 있을 텐데. 그는 자신이 또다시 눈을 깜빡이는 것을 느끼고 눈을 고정시킨 채 두개골 안으로 밀어넣을 듯 눈에 주먹을 대고 힘껏 눌렀다. 그가 안구를 뒤로 충분히 누르면 그것들은 머릿속에서 이리저리 매달려 다니다 나중에는 밖을 내다볼 수 있는 눈구멍으로 되돌아가는 길을 영영 찾지 못할지도 몰랐다. 그러면 그는 머리를 흰 붕대로 감싼 채 생일을 병원에서 보내야 할 것이었다. 비베케는 그의 선물과 케이크를 병원으로 가져다줘야 할 것이다. 어쩌면 케이크를 만드는 데 필요한 재료가 떨어졌을지도 모른다는 생각이 들었다. 달걀, 아니 밀가루를 좀 빌리러 외출했는지도 모른다. 그럴 거야. 그녀는 늘 깜박깜박해서 생각이 너무 많아 아무것도 기억하지 못하고 비틀거리는 노교수 같다고 혼잣말했다. 그런 일이라면 그녀는 곧 돌아올 것이라 그는 중얼거렸다. 미리 알아야 했다. 다음 날 아침이 그의 생일이 아니었다면 그녀가 굳이 다시 밖으로 나갈 필요가 없었으리라는 사실을. 더 이상 발가락과 허벅지 앞부분이 차갑게 느껴지지 않았다. 그는 문밖에서 눈 속에 발을 구르며 위아래로 뛰어다녔다. 기다리는 동안 무엇을 해야 할지 생각해 내려고 애썼다. 그녀가 화나 있지 않았으면 하고 간절히 바랐다.

멀리 앞쪽으로 내부에 불이 환하게 켜진 채 자동차

한 대가 주차되어 있었다. 길 왼쪽 갓길의 작은 범위에 빛이 비춰지고 있었다. 남자는 속도를 늦췄고 그녀와 눈길을 주고받았다. 비베케는 처음에는 누가 숲으로 둘러싸인 빈터에 차를 세웠고 왜 차 내부에 불을 켜 놓아 지나가는 운전자라면 누구든 그들을 알아볼 수 있게 했는지 궁금했다.

"혹시 UFO를 믿으시나요?" 남자가 싱긋 웃으며 말했다.

"차가 고장 났나 봐요." 그녀가 말했다. 자기 말이 얼마나 얼토당토않은 소리인지 알 수 있었다. 마을 가까운 곳에서 차가 고장 났다면 누구든 도움을 청했을 것이기 때문이다. 그들이 가까이 차를 몰고 지나갈 때 비베케는 앞좌석에 앉아 있는 두 남자를 흘깃했다. 그들은 바닥에서 뭔가를 찾는 듯 고개를 숙이고 있었다. 제복을 입은 차림으로 봐서 한 직장에서 다른 직장으로 이동 중인 경비원일 수도 있었다. 하지만 그때쯤 그들은 이미 남자와 비베케를 뒤에 남겨 둔 채 떠나고 있었다.

"그들이 다른 일로 바빠 다행이에요." 남자가 말했다.

"무슨 말이에요?"

"경찰들이었어요."

"어떻게 알아요?"

"경찰차였거든요. 눈치 못 챘어요?"

비베케는 자신이 본 것을 기억해 내려고 노력했지만 차나 탑승자들에게서 경찰이라고 생각할 만한 점은 없었다. 남자는 다시 속도를 내며 손가락으로 운전대를 두드리고 있었다. 라디오에서 좋아하는 노래가 나오자 그녀는 몸을 굽혀 볼륨을 높였다. 하지만 도로의 요철 부분을 지나는 바람에 주파수를 놓쳤고 급기야 라디오에서 쉿 하는 소리가 나더니 끼익했다.

남자는 버튼을 눌러 라디오를 껐다. 소리가 잠잠해졌다. 그녀는 일정하게 윙윙거리는 엔진과 히터 소리를 유심히 들었다. 차량이 매우 철저하게 유지하고 관리되었다는 생각이 들었다. 여기저기 돌아다닐 때 차량에 의존할 수밖에 없을 테니. 그녀는 그동안 놀이공원 사람들이 트레일러 안에서 술을 얼마나 마셨을지 상상했다. 그리 많이 마시지는 않았을 것 같았다. 그녀는 오른손으로 문손잡이를 잡은 채 머리 받침대에 기대고 눈을 감았다.

그녀가 다시 눈을 떴을 무렵 그들은 고속도로를 벗어나 숲을 지나 마을 외곽에 접어들고 있었다.

아스팔트 위에는 노란 가로등이 매달려 있었다. 음산하게 줄지은 삼 층짜리 주택 단지들이 길 양쪽에서 뒤로 한참 물러나 있었다. 도로에서 볼 수 있는 멋진 박공벽에는 스포트라이트가 켜진 광고판이 설치되어 있었다. 비베케는 광고판 속에 사람이 많고 밝게 비춰져 밤이면 사람들이 그곳에 많이 거주하는 것처럼 보이게 한다고 생각했다. 그들은 얼음에 덮인 채 조명을 받고 있는 황량한 기차역을 지나 차를 몰았다.

시내 중심가에 가까워지자 건물들이 점점 높아졌고 상점 창문이며 네온사인이 나타나기 시작했다. 그들은 비베케가 얼마 전부터 이용하기 시작한 미용실 앞을 지나쳤다. 불이 꺼져 있었다. 그녀는 그곳을 경영하는 여자, 그녀의 윤기 나는 단정하고 짧은 머리, 말할 때의 독특한 입술 모양이 떠올랐다. 여자는 비베케에게 코에 장식용 보석을 끼워 보라고 설득한 사람이다. 그것을 당연히 해야 할 일처럼 말했다. 여자는 사람들이 틀을 깨고, 규칙을 어기며, 서로 비슷하거나 다른 것을 한데 묶는 태도를 늘 못마땅하게 생각해왔다고 했다. 비베케는 여자의 의사소통 능력이 놀라울 정도라고 여겼다. 내 잘못은 말할 때 너무 많이 생각하는 거야. 그러다 보니 모든 일이 늦어지고 남의 말에 재치 있게 받아치지 못하지.

그녀는 고개를 돌려 운전석 쪽 창밖을 바라보았다. 개를 앞세워 산책하는 중년 부부가 보였다. 남자는 어깨로 게이트웨이 문을 열었다. 너무 빨리 지나쳐 안을 들여다볼 수 없었다. 순간 그녀는 예전에 살던 곳, 부엌 창문에서 보이는 멋진 오크나무 두 그루가 있는 뒷

마당이 떠올랐다. 아침이면 때때로 소리가 건물 사이를 반향하며 그녀를 깨웠다. 현관문이 쾅 닫히는 소리며 아래쪽에 서서 이야기하는 사람들의 목소리. 어떤 면에서 그들이 연대 의식을 지니고 있었다는 느낌이 새삼 떠올랐다.

욘이 문 바로 옆에 서 있자니 개가 낑낑거리기 시작했다. 그는 개가 무엇을 원하는지 알지 못했다. 배가 고픈 것 같았다. 욘은 줄 먹이가 없다는 사실을 개에게 이해시키려고 낑낑거리며 답했다. 소녀의 집에서 나올 때 열한 시였다면 지금은 몇 시쯤 되었을지 헤아려 보았다. 대략 열두 시 반쯤 되었을 것이었다.

차 한 대가 도로 위로 올라왔다. 차 소리가 들리고 차가 커브에서 나오기 전에 헤드라이트가 먼저 보였다. 누군가가 천천히 운전하고 있었다. 어쩌면 길을 몰라 물어볼 사람을 찾고 있는지도 몰랐다. 그는 도로로 달려 내려가 두 팔을 허공에 흔들었다. 차가 그에게 다가오자 자신이 집으로 걸어가고 있을 때 빠르게 지나

치던 빨간색 자동차처럼 보인다는 사실을 깨달았다.

남자는 심야 영업 카페 밖에 차를 세운 뒤 엔진을 끄지 않았다. 비베케는 굳이 말할 필요가 없다는 생각에 안도했다. 둘 사이의 침묵이 암시하는 바가 충분했기 때문이다. 인생을 겸손하게 사는 법에 관한 노래 한 소절이 떠올랐다. 내면에 있는 또 하나의 자신에게는 말하기까지 시간이 필요하다는 내용이었다. 카페 안 카운터 뒤에서 한 청년이 수화기를 뺨과 어깨 사이에 끼운 채 전화를 받고 있었다. 한 커플은 벽 옆에 있는 테이블에 앉아 접시 위로 몸을 숙여 식사하고 있었다.

"담배 피우겠어요?"

"네, 고마워요." 비베케가 말했다.

남자는 그녀에게 불을 붙여 주고 나서 자기 담배에 불을 붙였다. 둘은 다시 카페 안을 응시했다. 카운터 뒤의 청년은 여전히 통화하고 있었고 리듬감 있는 동작으로 상체를 움직이며 손목을 튕기는 모습으로 보아 음악에 귀 기울이는 듯했다.

"어디 갈 만한 곳 알아요?"

"딱히 아는 곳은 없어요." 그녀는 자신이 아는 몇 안 되는 장소를 떠올려 보았다. 하지만 교회에서 하는 연극 공연 외에는 늦은 밤 이곳에 와 본 적이 없었다.

둘은 다시 침묵에 잠겼다.

"물어보면 될 거예요."

그녀는 손에 든 담배로 안에 있는 청년이 있는 쪽을 가리켰다. 남자는 아무 말도 하지 않았다. 어떤 생각에 잠긴 듯했다. 그의 강하고 각진 얼굴, 숱 많고 곱슬곱슬한 머리. 그녀는 자신이 들어가 물어보면서 솔선수범하는 모습을 보여 주기로 마음먹었다. 어떤 면에서는 남자가 그녀의 손님이고 그녀가 살고 있는 이곳의 방문객인 셈이었기 때문이다. 그녀는 그를 바라보지 않은 채 차 문을 열고 나와 재빨리 닫고 눈 위를 지나 보도를 걸었다. 그리고 굽은 손잡이를 아래로 눌러 문을 열고 안으로 들어갔다.

눈부신 형광등 빛이 높은 카운터 위를 넘실거렸다.

그 빛 말고도 테이블마다 달린 작은 램프에 희미하게 불이 켜져 있었다. 그녀는 큰 음악 소리에 깜짝 놀랐다. 지역 라디오 방송국 디스크자키가 다음 곡을 소개하고 있었다. 그 음악은 한창 유행하는 곡이었지만 그것을 마지막으로 들은 곳이 어디인지 기억나지 않았다. 그녀는 카운터로 다가가며 박자에 맞춰 몸을 움직이지 않기가 힘들다는 사실을 깨달았다. 손을 카운터 위에 대고 몸을 앞으로 기울였다. 청년은 사라지고 없었다. 그녀는 그가 화장실에 갔거나 주방에 음식을 가지러 갔을지 모른다고 생각했다. 가스레인지 위의 커피포트에서 진한 커피 냄새가 풍겼고 그 옆에는 접시가 딸린 커피 잔이 수북이 쌓여 있었다. 그녀는 음악에 맞춰 가볍게 엉덩이를 흔들었다. 마지막으로 춤춘 뒤 시간이 꽤 흐른 듯했다. 잡지 한 권이 책과 함께 카운터 뒤쪽 탁자 위에 펼쳐져 있었다. 그녀는 목을 빼고 그것이 무슨 책인지 보려고 했다. 제목을 정확히 알아볼 수는 없었으나 작가가 미국인이었다.

그녀가 기피하는 종류의 책이었다. 테이블 옆에는 식상한 녹색 커버가 덮인 회전의자가 있었다. 카페 안에 음악이 고루 퍼지도록 라디오 카세트 플레이어가 테이블을 향해 돌려져 있었다. 그녀는 부엌으로 이어질 듯한 여닫이문 쪽을 응시하며 짙은 붉은색 손톱으로 철제 카운터 위를 두드렸다. 잠시 뒤 몸을 돌려 창문 밖에 있는 차를 바라보았다. 안에서는 남자가 뚜렷하게 보이지 않았다. 그녀는 음식을 먹는 커플을 흘깃했다. 그들이 자리한 테이블 밑에는 개 두 마리가 누워 있었고, 여자가 앉은 의자 옆에는 카나리아가 들어있는 새장이 있었다. 그들은 말없이 식사만 하고 있었다. 그들에게는 라디오에서 흘러나오는 경쾌한 목소리나 요란한 음악이 끝나가는 소리가 들리지 않는 것 같았다. 온종일 운전하고 교대하기 전 잠시 기운을 되찾고 있는 중인지도 몰랐다. 여자는 반쯤 먹은 접시를 옆으로 밀어내고 담배와 라이터를 꺼냈다.

"뭘 드릴까요?" 뒤에서 어떤 목소리가 들렸다. 그녀

는 카운터로 몸을 돌렸다. 청년이 아니었다. 이 사람은 생각보다 나이가 훨씬 많았다. 오십대쯤 되어 보였다.

"조금 전에는 다른 사람이 있었는데요." 그녀가 말했다.

그는 그녀를 잠시 응시하더니 왼쪽 눈썹을 치켜들었다. 그는 카운터에 양 손바닥을 올려놓고 몸을 앞으로 기울였다. 회색 머리카락에 손등이 시커먼 털로 덮이고 팔뚝도 마찬가지였다. 그의 손가락은 두툼하고 뭉뚝했다.

"주문하실 건가요, 안 하실 건가요?"

그의 목소리는 차분하고 안정적이었다. 매우 지친 듯했다.

"아까부터 그 남성분에게 물어볼 게 있었어요."

"아, 그래요."

잠시 침묵이 흘렀다. 커플은 더 이상 식사하지 않는 듯했다. 그녀가 카운터의 남자에게 무슨 말을 하는지 엿들으려 식사를 잠시 멈춘 것 같았다.

"신경 쓰지 마세요." 그녀는 말했다.

"그렇게 말씀하신다면요." 그가 답했다. 그는 접시에 페이스트리를 다시 배열해 동그란 모양으로 서로 겹쳐지게 했다.

비베케는 몸을 돌려 무거운 유리 출입문 쪽으로 되돌아가 문을 밀고 밖으로 걸어 나왔다. 입으로 차가운 공기를 들이마신 뒤 서둘러 돌아가 차에 올랐다.

차가 속도를 줄여 욘 바로 옆에 멈췄다. 욘은 운전자를 쳐다보았다. 짧은 머리를 한 그 사람이었다. 남자가 욘을 돌아보았다. 엔진이 공회전하며 배기가스를 내뿜고 있었다. 욘은 아랫도리가 따뜻해지는 것을 느꼈다.

남자는 엔진을 껐다. 점화 스위치를 켜 놓아 히터는 작동했다. 다시 라디오를 켜자 카페에서 듣던 채널이 나왔다. 그는 어느새 잠들고 있었다. 그녀는 남자를 깨우지 않기 위해 문을 살짝 닫으려 애썼다. 그는 머리 받침대에 기대고 있었다. 입이 살짝 벌어져 있었고 혀에는 얇고 거무스름한 막이 덮여 있었다. 그녀는 그가 담배를 많이 피워 그럴 것이라 생각하고 시선을 돌렸다. 그녀는 자기 쪽 창밖을 바라보았다. 한 커플이 길 아래쪽에서 나타나 멈춰 서더니 남자가 여자의 머리를 잡고 무릎을 굽혀 키스했다. 비베케는 자기 혀에도 거무스름한 막이 있는지 궁금했다. 그녀는 차양을 아래로 당기고 작은 거울을 바라보았다. 가까이 다가가 제대로 보려고 어설프게 비스듬히 균형을 잡으며 좌석 앞쪽으로 몸을 이리저리 움직였다. 혀 뒤쪽으로 어두운 반점이 보이는 듯했지만 희미한 빛 속에서는 확인하기 어려웠다. 일단 손톱으로 점액을 약간 긁어 내다시 자리로 돌아갔다. 어쩌면 그 커플이 나온 곳이 남자와 갈 수 있는 곳일지 모른다는 생각이 들었다. 문틈으로 따스한 빛이 새어 나왔다. 안을 들여다보니 외벽과 직각으로 걸린 간판이 보였다. 선술집 같았다. 그녀는 남자에게 눈을 돌린 뒤 그를 깨워 함께 들어가 보자고 제안했다. 그는 눈을 반쯤 감은 채 그녀를 바라보고 있었다. 그녀는 그가 정말 잠들어 있었는지 의아했다. 남자는 항상 그런 식으로 그녀를 지켜봤을지 모른다. 그녀는 머리카락이 아직도 탄력 있는지 무너져 내렸는지 알아보려고 머리에 손을 얹어 보았다.

차에 탄 남자가 창문을 내렸다.

"저는 이 지역을 잘 알아요. 혹시 길을 잃으셨다면 요." 욘이 말했다.

남자가 웃었다. 그는 치아가 작고 골랐다. 자세히 보니 그 사람은 남자가 아니라 여자였다.

"아, 이곳에 사는 아이로구나."

여자는 말하면서 계속 웃었다. 강한 억양으로 보아 베스틀란데 출신일 듯했다. 욘은 미소로 답했다. 무슨 말을 해야 할지 몰랐다. 그녀는 주소를 찾는 것 같지 않았다.

"여기 타렴." 여자가 자기 옆 빈자리로 고갯짓하며 말했다. "창문을 열고 이야기하려니 너무 춥다, 얘."

그는 다른 쪽으로 돌아 그녀 옆자리에 올라탔다. 차 내부를 한번 둘러보았다. 뒷좌석에 커다란 꽃무늬 쿠션과 길고 흰 가발이 놓여 있었다. 그의 발밑에는 보라색 가죽으로 만든 부드러워 보이는 가방이 있었다. 그는 양손을 무릎에 올려놓고 앞을 똑바로 보며 앉아 있었다.

"지금 시각이면 네 또래 남자아이들은 벌써 잠자리에 들었어야 하지 않니?"

여자의 목소리는 어둡고 말투는 느렸다. 그녀가 말을 걸 때는 웃는 듯했는데 욘이 그녀를 올려다보니 제법 진지한 표정을 짓고 있었다.

"문이 잠겨 들어갈 수가 없는데 집 안에 아무도 없어요. 하지만 엄마는 곧 돌아올 거예요. 제 생일 케이크를 굽다가 깜박 잊은 게 있어 잠시 외출한 것 같아요."

"곧 네 생일인 모양이구나?"

"네, 내일이면 아홉 살이 돼요."

여자는 앞 유리로 눈 위에 비치는 전조등의 노란 불빛을 내다보더니 혀를 두세 번 끌끌 찼다. 욘은 그녀가 무슨 행동을 하고 있는지 자각하지 못한다고 생각했다. 잠시 뒤 그녀는 욘이 앉은 자리를 가로질러 몸을 기대며 앞좌석 글로브 박스를 열었다.

"여기 어딘가에 사탕이 있을 텐데."

여자는 서류며 티슈, 비어 보이는 사탕 봉지 몇 개를 뒤적이기 시작했다. 여러 종류의 선글라스도 몇 개 보였다.

"엄마가 낯선 사람과 함부로 아무 곳에나 가지 말라고 말씀하지 않았니?"

그렇게 말하며 그녀는 계속 뒤적였다.

"왜요? 그럼 안 되나요?"

"모두 나처럼 좋은 사람은 아니니까."

여자는 그를 보고 또 까르르 웃었다. 그녀의 이는 정말 작았다. 그는 자신의 이를 더듬어 한번 비교해보고 싶은 충동을 느꼈다.

"우리 엄마는 어떤 사람이든 속마음은 다 좋다고 했어요."

여자는 여전히 뒤적이고 있었다. 그는 그녀를 뚫어지게 쳐다보았다. 그녀의 스웨터는 부드러운 소재로 되어 있었다. 욘이 보기에는 토끼털 같았다. 얼핏 드레스처럼 보일 정도로 긴 스웨터였다. 그녀는 흰 팬티스타킹 위에 끈으로 묶는 흰 부츠를 신고 있었다. 그는 몸이 후끈거려서 니트 모자를 벗었다.

여자는 글로브 박스를 꽝 닫아 그를 놀랬다.

"아무것도 없는 것 같네."

그녀는 생각에 잠겨 미간을 찌푸리며 그를 바라보았다.

"가서 뭣 좀 사와야겠다."

여자는 기어를 넣고 도로 한가운데로 차를 몰았다. 욘은 좌석 한구석에 처박힌 기분이었다. 그녀는 발을 뻗어 기어를 바꿨다. 그는 기어 레버에 올린 그녀의 손을 보고 손가락이 무척 가늘다고 생각했다. 이어 자기 손을 바라보았다. 그녀의 손보다 작았다. 차 안에 온기가 돌자 손이 얼얼했다.

비베케는 남자를 따라 안으로 들어갔다. 그가 갑자기 멈춰 서자 뒤를 바짝 쫓던 그녀에게 가죽 재킷 냄새가 강하게 끼쳤다. 그녀는 그것이 새 옷일 것이라 생각했다. 남자는 미소를 지으며 어깨 너머를 힐끗했다. 그녀는 마음이 들떠 자신이 방 안을 둘러보며 웃고 있다는 사실을 깨달았다. 그곳은 작았고 바는 손님으로 가득했다. 바에서 몇 계단 위에 있는 왼쪽 좁은 무대에서는 밴드가 연주 중이었다. 바 오른쪽에는 손님용 좌석이 세 군데 있었다. 벽 쪽으로 갈색 가죽 소파가 밀쳐졌고 나무 의자들은 바깥을 향하고 있었다. 만석이었다. 미처 앉을 자리를 찾지 못한 사람들은 술잔을 들고 서 있었다. 사람이 가득해 한 무리가 어디에서 끝나고 다른 무리가 어디에서 시작하는지 알 수 없었다. 이런 곳에 사람이 모여드는구나. 그녀가 중얼거렸다.

소녀 다섯 명이 무대로 올라가는 계단에 앉아 있었다. 그들은 중요한 토론을 하는 듯했다. 연사들이 그들 바로 뒤에 있었다. 비베케는 그들이 어떻게 상대의 말을 들을 수 있는지 의아했다. 어쩌면 청각 장애인일지 몰랐다. 입술 모양을 보고 그들이 무슨 말을 하는지 이해하려 애썼다. 하지만 도저히 이해하지 못하고 포기했다. 그녀는 밴드가 어떤 종류의 음악을 연주하는지 궁금했다. 소프트락 종류인 듯했다. 그들은 모두 여성으로 구성된 걸 밴드였다. 베이스 연주자는 짙은 빨간색 머리를 하고 있었다. 보컬은 키가 작은 데다 비쩍 말랐다. 작고 동그란 얼굴에 큰 앞니, 검은 머리카락에 앞머리까지 있어 꼭 어린아이처럼 보였다. 보컬의 나머지 머리카락은 레게 머리로 허리까지 닿았다. 그들은 연주할 때 서로 표정을 주고받았으며 외우기 쉬운 반복 악절에는 비꼬는 듯한 웃음을 지었고 변화를 줄 때면 고개를 살짝 끄덕이거나 몸을 움직였다. 뒤에 앉은 드러머는 인상이 평범했다. 비베케는 거리에서 그 드러머를 보았다면 그녀가 밴드에서 연주한다는 사실을 결코 믿지 않았을 것이라 생각했다. 주위를 둘러보니 남자가 보이지 않았다.

한 커플이 말다툼하고 있었다. 여자는 폭언을 퍼부었고 남자는 그녀의 화를 돋우는 말을 하려고 안간힘을 쓰고 있었다. 그녀는 그들을 쳐다보지 않기로 했다. 지금 이 순간만큼은 어떤 것도 그녀가 느끼는 행복, 그녀 내부의 억제되지 않는 커다란 평온을 해치게 하고 싶지 않았다. 드러머가 이두박근이 툭 튀어나온 건장한 두 남성 뒤에 서서 연주보다 노랫소리가 잘 들리게 하라고 소리쳤다. 그녀는 사람들을 비집고 카운터로 향했다. 벽에 붙은 가격표를 훑어보고 원하는 메뉴를 골라 보려고 애썼다. 분위기에 맞게 샴페인처럼 탄산이 있는 음료를 주문해야겠다고 웃으며 중얼거렸다. 그녀 앞에서 선수인 듯한 두 남성이 아이스하키에 관해 이야기하고 있었다. 그들은 새 코치가 마음에 들지 않는 눈치였다. 둘 다 빨간 격자무늬 셔츠와 청바지를 입고 있었다.

갑자기 그들 중 한 명이 몸을 돌려 그녀가 무엇을 뚫어지게 바라보고 있는지 궁금해했다. 비베케는 너무 놀라 그가 맥주를 집어 들고 몸을 돌려 그녀를 향하는 동안 무슨 말을 해야 할지 생각하지 못했다. 그는 허벅지에 팔꿈치를 받친 채 그녀에게 훈계했다. 여성들이 주도권을 잡으려고 기다리며 그곳에 서서 추파를 던지고 자신을 살피는 일이 끔찍이 싫다고 했다. 그리고 자신에게 쏟아지는 시선이 죽기만큼 싫으니 얼빠진 듯 자신을 쳐다보지 않는 쪽이 현명할 것이라 잔소리를 늘어놓았다. 씨도 먹히지 않을 테니 아무리

수작을 부려도 소용없을 거라고 으름장을 놓았다.

"안녕!"

어느새 남자가 그녀 바로 뒤에 서 있었다. 머리카락 사이로 그의 숨결이 느껴졌다. 남자가 그녀에게 귓속 말로 이야기하자 그녀는 웃음을 터뜨렸다. 그는 그녀를 끌어안으며 그녀의 기분을 전환해 분위기를 회복시켰다. 결국 아이스하키 선수는 친구들에게 돌아가 자신이 그녀에게 방금 말한 일이 그들의 흐름을 끊은 것이 아니라 이어지는 사건의 일부인 듯 태연하게 대화를 이었다.

"놀이공원 사람들과 우연히 마주쳤어요."

그녀는 돌아서서 남자를 올려다보았다. 그는 그녀가 트레일러나 차 안에서 보지 못한 모습으로 생기에 넘쳐 있었다. 마치 다른 사람 같았다. 그녀와 함께 있는 일이 편안해져 긴장을 풀기 시작한 듯했다. 그녀는 아직 남자의 이름을 정확히 모른다는 사실을 깨닫고 그에게 물었다.

"톰이에요. 당신 이름은 뭐였죠?" 남자가 말했다.

"비베케."

"맞아요, 비베케."

그의 두 눈이 방 안을 배회했다.

"맥주 마시고 싶다."

"편의점은 열 시에 닫아요. 그 이후에는 시내에 있는 주유소에서만 살 수 있어요." 욘이 말했다.

"여기서 얼마나 머니?"

여자의 어둡던 목소리가 부드러워졌다. 순간 욘은 그녀가 멋져 보인다고 생각했다.

"이십 킬로미터쯤 될 거에요."

히터가 뜨거운 공기를 내뿜고 있었다. 욘은 외투를 벗었다. 목에 둘렀던 목도리도 풀었다. 그는 여자의 가운데손가락에 있는 크고 유리 같은 반지를 보았다. 순간 현미경으로 그것을 보면 어떻게 보일지 궁금해졌다. 그 위에 박테리아가 많이 살고 있을지도 몰랐다.

그들은 마을에서 멀리 떨어진 고속도로를 달리며

가로등 아래를 지났다. 욘은 되도록 많은 가로등을 지나칠 수 있도록 오랫동안 숨을 참았다. 숨을 참으며 가로등을 하나 지나칠 때마다 천 명의 사람이 고문당하지 않을 수 있다고 자신에게 말했다. 그는 도서관에서 사람을 고문하는 몇 가지 방법을 읽었다. 얼음처럼 차가운 물통에 머리를 담가 혀를 감전시키거나 그가 본 잡지에 실린 사진처럼 고문할 수 있었다. 다시 말해 팔을 매달아 오줌을 싸게 만드는 것이었다. 그는 그렇게 고문당한다면 어떤 느낌일지 상상하려 애썼다. 그가 숨을 참을 수 있는 최대 시간은 가로등 일곱 개를 지나는 동안이었다. 어떻게 해서든 숨을 오래 참는 연습을 시작해야 했다.

주변 숲은 어둡고 울창했으며 길은 평평했으나 매우 구불구불했다. 수직으로 뻗은 갱도 바닥에서 운전하는 듯했다. 지붕 없는 터널이나 철도 모형 속 깊은 골짜기를 따라 운전하는 것 같기도 했다.

"이름이 뭐니?"

여자의 목소리는 흥미를 다소 잃은 것처럼 들렸다.

"욘이에요."

뭔가 불공평하다는 생각이 들었다. 그는 그녀에게 태워 달라고 말하거나 조르지 않았다. 그저 그녀가 길을 잃은 것 같아 돕고 싶었을 뿐이다.

여자는 차를 빠르게 몰았다. 커브에 들어서자 조수석 글로브 박스가 열렸다. 그 안에서 선글라스가 보였다. 가장 가까이 있는 크고 둥근 선글라스는 두꺼운 흰색 플라스틱 테두리로 되어 있었다. 그는 그것을 꺼내 써 보았다. 그에게 너무 커서 볼에 차가운 플라스틱이 느껴졌다. 여자는 그를 보고 나서 뒤에 있는 도로를 쳐다보았다. 선글라스를 끼자 헤드라이트 빛줄기가 초록색으로 보였다. 갑자기 속이 울렁거렸다. 배에 경련이 일었고 입 속에 침이 가득 고였다. 더는 참기 어려웠다.

"저기, 차 좀 멈춰 주세요."

"왜?"

"토할 것 같아요."

여자는 조금 더 달려 눈이 둑처럼 쌓인 길가에 차를 세웠다. 전망이 평탄하고 트여 있었다. 욘은 문고리를 잡아당기며 비틀거렸다.

비베케는 문화 계획안 발표장에서 인사를 나눈 한 여자와 마주쳤다. 사회보장국에서 나온 두 여성 중 한 명이었다. 비베케는 그들을 늙은 암탉 한 쌍쯤으로 여겼다. 이제 보니 여자는 화장을 꽤 진하게 하고 있었다. 비베케는 그녀가 가늘고 긴 회색 머리카락에 키가 작고 다부진 남자와 함께 있는 것을 보았다. 그들이 춤추는 모습이 그녀의 눈에 띄었다. 웃음이 나왔다. 어느 누구도 춤추지 않았고 그럴 만한 공간적 여유도 없었기 때문이다. 그녀는 그 남자가 물을 마시는 모습을 보았다. 운전해야 하는 모양이었다. 그녀는 그들에게서 시선을 돌려 톰을 바라보았다. 그는 그녀에게 등을 돌린 채 바에 서 있었다. 서빙을 받는 듯했지만 이후에도 카운터에 기대앉은 채 여성 바텐더와 잡담했다. 그는 시끄러운 음악에 몸을 맡기며 자신을 드러내 보이려 했지만 팔 동작이 다소 과장되어 보였다. 그녀는 그가 농담을 주고받고 있다고 짐작했다. 그가 모르는 사이에 그를 지켜보는 일도 나쁘지는 않았다. 그녀는 그들이 엄연한 두 객체라는 사실에 민감해야 한다면 그에게 시간과 공간을 내어 줄 필요가 있다고 여겼다.

"안녕하세요? 이 사람은 제 남자 친구 에발드예요." 사회보장국에서 나온 여자가 인사를 건넸다.

그들은 그녀가 눈치채지 못한 사이에 갑자기 나타났다. 그녀는 여자가 자신을 알아볼 줄 몰랐다. 한 번도 이야기를 나눈 적 없기 때문이다. 여자는 꽤 취해 있었다. 여자의 남자 친구가 비베케를 보고 미소 지었다.

"이곳은 처음이시군요." 그가 말하며 몸을 굽혀 인

사했다. 여자는 비베케를 향한 것인지 그녀 옆에 있는 뭔가를 향한 것인지 알 수 없게 뻣뻣한 미소를 지어 보였다. 비베케는 답으로 고개만 끄덕였다. 그들은 예순 살쯤 되어 보였다. 비베케는 그들이 이렇게 시끄러운 곳에 있기에는 나이가 조금 많다고 생각했다. 아니면 자신이 나이 든 사람들에 대해 다시 생각해봐야 하는 것일까 하고 혼잣말했다. 그녀는 사과하듯 미소 지으며 엄지손가락으로 바를 가리키고 톰을 향해 다가갔다.

여자는 종이 타월 몇 장을 뜯었다. 욘이 차 밖으로 나왔을 때 그는 이미 코트 소매로 입을 닦은 상태였다. 입과 얼굴이 말랐다. 그는 손에 종이 타월을 들고 앉았다. 토하고 나자 멀미 증세가 가라앉아 마음이 놓였다. 그녀는 시동을 걸고 다시 차를 움직였다. 이제 차는 천천히 달렸다.

"눈을 자주 깜박이는구나." 여자가 말했다.

"저도 알아요." 욘이 답했다.

그들은 다시 침묵에 잠겼다. 그는 자신의 약점이 드러났다는 사실을 잊고 있었다. 늘 나중에야 알아차렸다. 항상 모든 일을 뒤늦게 깨달았다. 그는 아무도 그것을 눈치채지 못했으면 했고 그의 문제점이 옷이나 마음속에 숨어 있기만을 바랐다.

"뭐, 네 맘대로 할 수 없는 거라면."

욘은 생각에 잠겼다. 아니, 나는 어쩔 수 없어. 그는 눈 주위의 근육이 팽팽해졌다가 생각 이상으로 빨리 풀리는 것을 느끼며 계속해서 앞 도로를 응시했다. 그는 옆으로 몸을 비틀어 턱을 최대한 가슴에 바짝 대고 부츠로 좌석을 더럽히지 않을 만큼 다리를 위로 당겼다. 그리고 눈을 감은 뒤 자신이 다른 행성으로 가는 우주선의 승객이라고 상상했다.

"잠들지 마. 내가 밤잠을 못 자면 너도 못 자는 게 좋겠어."

그는 눈을 뜨고 여자를 곁눈질했다. 그녀가 농담하는 것이라 혼잣말했다. 그는 여자에게 왜 잠을 못 자는지 물었다. 그녀는 자신도 그 이유를 정확히 모른다고 말했다. 뭔가 방해하기 때문이야, 그게 다야. 그녀는 피곤하지 않은데도 눈을 감고 있으면 중요한 것이 없어지는 느낌이라고 했다. "저는 잠을 잘 자는 편이에요. 엄마는 누구나 원하면 언제든지 잘 수 있다고 했어요. 그러니까 지금 할 일은 적당히 긴장 푸는 방법을 배우시는 거예요." 욘이 말했다.

여자가 말을 계속하는 동안 그는 다시 눈을 감았다. 눈꺼풀 뒤에서 보는 빛의 소용돌이들을 아직까지 발견하지 못한 은하수라고 상상했다. 그는 적의 맹공격을 각오하고 어딘가에 상륙할 것인지 전쟁터로 향할 것인지를 두고 전전긍긍했다. 목이 가려웠지만 긁기 힘들었다. 여자가 노래를 흥얼거렸다. 그 소리에 정신이 사나웠지만 무시하고 군대를 소집하는 데 집중하려고 노력했다. 그때 우주선이 은하 폭풍 속에서 폭발하고 그는 우주의 먼지로 흩어지고 말았다.

"멋진 밴드군요." 톰이 말했다.

그녀는 고개를 끄덕였다. 바 뒤에서 바텐더가 그녀 앞에 맥주를 내려놓았고 비베케는 그녀에게 돈을 건넸다. 그녀의 잔은 거의 비어 있었다. 그녀는 거품을 조금씩 마시며 톰을 쳐다보았다. 입술에서 거품이 녹아내렸다. 그의 눈은 크고 자상해 보였다. 그는 한 모퉁이에서 잠들어 있었다. 그의 입은 좁았지만 매우 매끄럽고 부드러워 보였다.

잠에서 깬 톰은 몸을 돌려 바에 등을 기댔다. 그는 맥주를 내려다보고 있었다. 금빛 곱슬머리가 멋들어지게 튕겨 나와 뺨으로 흘러내렸다. 그래. 순간 그녀는 그들이 폐허가 된 철로를 따라 바닥에 자갈이 깔린 도시의 광장을 가로질러 함께 달려가는 모습을 상상했다. 그가 그녀를 번쩍 들어 올려 빙빙 돌리자 둘은 함께 웃음을 터뜨렸다. 화창하고 고요한 날이었다. 그녀는 고개를 숙였다. 그녀의 일부는 그에게 어떤 말을 하고 싶어 했고 다른 일부는 그것을 안에 간직하고 싶어 했다. 아무 말이나 해서 분위기를 망치면 안 돼. 그녀는 중얼거렸다.

나무로 된 바닥은 낡아 보였다. 사포로 문지른 뒤
니스를 칠해 불그스레한 갈색을 띠고 있었다. 그는 튼
튼한 밑창이 깔린 검은색 부츠를 신고 있었다. 그때
갑자기 누군가가 그녀 쪽으로 휘청거리면서 그녀를
거의 쓰러뜨릴 뻔했다. 그녀는 톰이 있는 곳으로 비
틀거리다 가방을 바닥에 떨어뜨렸다. 그녀의 뺨이 그
의 스웨터에 닿았고 팔이 그의 허벅지를 눌렀다. 순간
그의 바지 안에서 단단하게 선 페니스를 느꼈다. 그녀
가 가방을 들려고 허리를 굽히는데 그도 똑같이 움직
이다 두 사람은 머리를 맞부딪쳤다. 그가 그녀의 턱을
들어 얼굴을 그에게로 당겼다. 그의 눈이 그녀의 눈
아주 가까이 있었다.

"다쳤어요?"

그녀는 고개를 저었다. 그리고 눈을 깜박이며 천장
을 올려다보았다.

"무슨 일이에요?"

그녀는 그가 염려하는 목소리를 들었다.

"많은 일이 있답니다." 그녀가 온순하게 말했다.

그녀는 자신의 진실을 그에게 말하고 싶었다. 적막이 흘렀다. 그가 그녀를 황홀하게 만들어 놓은 상태에서 둘이 함께 있다는 것은 무슨 의미일까?

"뭐라고요? 더 크게 말해 봐요." 그가 그녀 쪽으로 고개를 숙이며 말했다.

그녀는 기다리라고 속으로 말했다. 지금 그와 함께 누리는 행복을 꼭 붙들고 싶었다. 절대 구멍을 내서는 안 돼. 이번에는 아니야. 기다릴 수 있어. 우리 두 사람이 어느 날 갑자기 서로 말문을 터뜨릴 때까지 무언의 친밀감으로 우리를 감싸 안을 거야.

"별것 아니에요. 담배 연기 때문이에요." 그녀는 그를 바라보며 말했다. 자신의 눈으로 그에게 하고 싶은 말을 전하려 애썼다. "이렇게 많은 담배 연기는 익숙하지 않아서요."

욘은 얼굴 쪽으로 불어오는 뜨거운 바람에 잠에서

깼다. 기분 좋은 냄새에 눈을 떴다. 흰 옷을 입은 여자가 그의 머리 위 가까이로 그에게 기대고 있었다. 그녀의 따뜻한 숨결이 머리에 닿았다. 그는 차가 멈춰선 것을 감각적으로 느꼈다. 사방이 어두워 흰 눈마저 어둡게 빛나는 것처럼 보였다. 이제 눈이 어느 정도 어둠에 적응되었다. 그는 어둠이 사실은 무척 밝다고 생각했다.

"너 지금 자리에 앉아서 침 흘리고 있구나."

여자의 목소리에 피곤함이 역력했다. 그는 한동안 잠들어 있었던 것처럼 몸이 뻐근했다. 입 안이 텁텁했다. 그는 손에 든 종이 타월로 뺨과 턱을 닦았다. 피부에 묻은 침이 차가웠다.

"평소에는 이러지 않아요. 여기서 한참 멈춰 있었나요?" 욘이 물었다.

그들이 오래 멈춰 있지 않았다면 잠꼬대를 많이 하지 않았을 것이기 때문이다. 가끔 잠꼬대를 하는데 여자가 자신의 잠꼬대를 듣지 않았기를 바랐다. 그는 눈을 깜박이지 않으려 애썼다.

"글쎄, 얼마나 오래 서 있었는지 모르겠는데."

그녀는 계기판 위에 있던 담뱃갑에서 담배 한 개비를 꺼내 불을 붙이고 머리 받침대에 몸을 기댔다. 그녀는 앞 도로를 응시하며 고리 모양으로 연기를 내뿜었다. 히터가 윙윙거렸다. 그는 그들이 스노 글로브 안에 앉아 있다고 상상했다. 비베케는 그녀의 어머니가 어린 소녀일 때부터 간직해온 낡은 스노 글로브를 그에게 주었다. 그는 그것을 침대 옆 테이블에 보관했고 그가 그것을 흔들 때면 눈처럼 보이는 흰 가루들이 안에 있는 작은 집들 위에 떨어졌다.

"십오 분 정도? 그쯤 됐을걸. 너도 한 대 피울래?"

그는 여자가 무슨 말을 하는지 의아했다. 그녀는 그가 몇 살인지 알고 있었기 때문이다. 그는 담배를 피우면 죽는다는 이야기를 학교에서 들었다고 비베케에게 말한 적이 있다. 그러자 그녀는 누군가 죽어야 다른 사람들이 살아 즐길 수 있다고 이야기했다.

"우리 엄마도 담배 피워요." 욘이 말했다.

"담배를 피우면 머리가 벗겨진단다." 여자는 웃으며 자신의 솜털 같은 머리카락을 가리켰다.

"우리 엄마 머리는 그렇지 않아요. 검은색인 데다 배꼽까지 닿을 정도로 길거든요." 욘, 난 말과 같은 머리카락을 가졌단다.

그는 콧구멍을 닫은 채 입으로만 숨을 쉬면 몸 안으로 연기가 덜 들어가는지 궁금했다. 그렇다면 아무 맛도 느낄 수 없을 것이라 확신했다.

"혹시 엄마가 코에 작은 다이아몬드를 달고 있지 않니?" 여자가 물었다.

"맞아요. 진짜 다이아몬드는 아니고 그냥 다이아몬드처럼 보이는 거예요. 나중에 부자가 되면 진짜 다이아몬드를 살 거라고 했어요. 우리 엄마 아세요?" 욘이 물었다.

"나는 심령술사란다." 여자가 말했다.

"그게 뭔데요?"

"모르는 사람의 마음을 알 수 있는 뭐 그런 거야. 이건 비밀이란다, 알았지?"

그는 그녀를 믿지 않았지만 그렇다고 그처럼 말하고 싶지는 않았다.

여자는 담배를 한 모금 빨고 나서 그에게 넘겨주었다. 그는 손을 뻗어 가위 모양으로 필터를 집었다. 그녀는 자기 손으로 그의 손 모양을 잡아 주었다. 그는 담배를 입술에 물고 빨아 보았다. 여자의 손가락 냄새가 났다. 그는 그녀가 틀림없이 어떤 로션을 사용할 것이라 생각했다. 욘은 숨을 내쉬며 자기 손과 그녀의 손에 담배 연기를 내뿜었다. 그의 눈앞에 잿빛 연기가 어른거렸다. 기침이 나올까 봐 걱정했는데 실제로는 나오지 않았다. 담배를 피우면 연기로 질식할 것이라 생각했는데. 이제 그는 흡연자가 된 것일까? 여자는 그의 반응을 예의주시하며 손을 뗐다. 그는 그녀가 다른 담배에 불을 붙이는 동안 숨을 헐떡였다. 그녀는 의자에 등을 기댔다. 욘도 그렇게 했다. 그들은 차 앞

유리 너머로 눈 덮인 길을 빤히 바라보았다. 그가 잠에서 깬 이후로 도로에는 차가 한 대도 없었다. 그는 검지와 엄지로 담배를 집은 채 언젠가는 운전면허 시험을 볼 것이라 다짐했다.

밴드의 보컬리스트는 깊이 있는 목소리로 마이크에 뭔가 열심히 중얼거렸다. 오늘 밤 그들의 공연은 끝났다. 관객들이 박수를 보냈고 밴드 여성들은 짐을 꾸리기 시작했다. 누군가 CD를 넣고 있었다. 음악은 매끄럽고 부드러웠다. 비베케는 틀림없이 그것이 재즈 음악이라 생각했다. 그녀는 양가죽으로 안을 댄 케이스에 베이스를 넣는 빨간 머리 여성을 지켜보다가 맥주를 마시며 눈을 감고 있는 톰을 바라보았다. 그는 아직도 바에 기대서 있었다. 그녀는 그에게 무슨 생각을 하고 있는지 물었다. 그는 그녀가 자신에게 말을 걸었다는 사실조차 알아채지 못하는 듯했다. 그녀는 까치발을 들고 상체를 숙여 그의 귀에 대고 다시 물었다.

"여름을 생각하고 있었어요." 그는 눈을 뜨지도 않은 채 대답했다.

여름? 갑자기 여름을 생각하니 자신감이 생겼다. 그녀도 여름에 관해 많이 생각하고 있었기 때문이다. 그녀와 욘은 이곳으로 이사한 이후 오로지 눈밖에 모르고 지냈다. 날씨가 따뜻해지고 언덕이 알록달록한 햇빛으로 찬란히 빛나면 어떤 모습일지 궁금했다. 야외에서 나무 그늘 아래 앉아 있는 모습도 상상했다. 그녀는 그를 유심히 살펴보았고 눈을 감은 채 자기만의 세계에 몰두하고 있는 그의 모습이 꽤 마음에 들었다. 남자는 다른 의자에 앉을 수도 있었다. 그녀는 그가 책을 읽을 때 안경을 쓸 것이라 생각했다. 금속 테로 된 둥근 안경. 한편으로는 그가 책을 빨리 읽는 사람인지 천천히 읽는 사람인지 궁금했다. 한번 물어보고 싶었다. 책을 읽는 속도가 그 사람의 생활 리듬과 삶의 방식을 대변한다고 여기기 때문이었다.

자리를 떠나는 몇몇 사람 때문에 주의가 다소 산만해졌다. 사람들은 문을 활짝 열어 놓고 서로 껴안으며 작별했다.

누군가 문을 닫았다. 비베케는 그 문이 곧 다시 열릴 것이라 생각했다. 그때 갑자기 카페에 있던 청년이 나타났다. 그가 금발의 어린 소녀에게 기대 무슨 말을 했는지 소녀는 활짝 웃고 있었다. 비베케는 그녀가 기껏해야 열일곱 살일 것이라 짐작했다.

사회보장국에서 온 여자는 남자 친구의 손을 꼭 쥐고 있었다. 그들은 나가는 길에 금발 소녀와 마주쳤다. 여자는 의식하지 못한 것 같았다. 밴드의 연주가 끝나자 많은 사람이 자리를 떠났지만 아직 꽤 여러 명이 내부를 서성이고 있었다. 여자의 남자 친구는 그녀를 위해 문을 잡아 주었다. 비베케는 여자가 추운 바깥으로 나가며 몸서리치는 모습을 보았다. 마치 자기의 생각이 뒤에 남아 추위에 대비가 덜 된 듯했다. 그녀는 톰과 차를 타고 집으로 돌아가는 모습을 떠올리며 혼자 가는 것보다 다른 사람과 함께 가는 일이 얼마나 좋은지 생각했다. 그녀는 카운터에 기댄 톰을 바라보았다. 그는 여전히 눈을 감고 있었다. 숨을 깊이 들이마시고 코로 조용히 내쉬었다. 그녀는 남자가 그런 식으로 편하게 휴식을 취하는 모습에 감탄했다. 그는 거의 잠든 것처럼 보였다. 순간 그녀는 침대에 누워 그를 바라볼 수 있다면 얼마나 좋을지 상상했다.

"우리는 지금 뭘 기다리는 걸까?" 그녀는 중얼거렸다. 손으로 남자의 머리를 매만져 주고 싶었다. 하지만 가까스로 멈췄다. 그의 영역을 침범하고 싶지 않았기 때문이다. 절대로 넘어서지 말자.

"이제 가면 안 될까요?"

그녀의 성량이 전보다 커졌다. 횡격막부터 끌어 올린 목소리가 어둡고 관능적으로 공명되는 듯했다. 그는 돌아서서 바를 마주하고 있었다. 그의 앞에는 지역의 유명 밴드를 광고하는 맥주잔 받침 위에 오백 시시짜리 유리잔이 놓여 있었다.

"이건 다 마시고 가야죠."

그의 눈이 게슴츠레해 보였다. 정신이 없을지도 몰랐다. 그는 술을 한 모금 마시고 나서 윗입술을 핥으며 그녀의 어깨 너머로 하나둘씩 떠나는 사람들을 바라보았다.

음악 소리가 작아졌다. 바텐더는 깨끗하게 닦은 유리잔을 머리 위 선반에 올려놓느라 바빴다. 유리잔들이 부딪치며 쟁그랑거렸다. 의자가 치워지며 바닥에 긁히는 소리가 났다. 그의 옆 의자가 비어 있었다. 그녀는 몸을 일으켜 그곳에 앉았다.

자신이 피울 때는 담배 연기 냄새가 다르다고 윤은 생각했다. 그는 고개를 약간 돌려 짧은 머리를 한 여자를 바라보았다. 입을 다문 여자는 턱뼈가 두드러져 다시 남자처럼 보였다. 그는 여자의 볼 근육이 맥박처

럼 팽팽하게 조여졌다 풀리고 다시 팽팽하게 조여졌
다 풀리는 모습을 지켜보았다. 그것이 어떤 느낌인지
알아보려고 이를 악물었다 풀며 똑같이 시도해 보았
다. 그는 자신이 제대로 하고 있는지 확신이 들지 않
았다. 그러자 턱이 뻐근해져 근육을 이완시키려 얼굴
을 찌푸려 보았다. 여자는 욘 쪽으로 고개를 돌려 볼
근육을 반복해 움직였다. 자신의 얼굴이 움직이고 있
다는 사실을 모르는 듯했다. 그는 야생동물 프로그램
에서 본 사막의 도마뱀을 떠올렸다. 도마뱀 다수가 먹
이를 덮치기 전에 본능적으로 그런 행동을 반복한다
고 했다. 눈을 감으니 앞이 보이지 않았다. 히터가 윙
윙거리는 소리만 들렸다. 잠시 그는 자신이 별자리를
얼마나 많이 알고 있는지 세어 보기로 했다. 빠르게
세다가 더 이상 생각나지 않을 무렵 눈을 떴다.

여자는 욘이 앉은 쪽 창밖을 바라보았다. 그녀가 볼
근육의 움직임을 멈추자 다시 피곤해 보였다. 그는 그
녀가 무엇을 보는지 알아보려고 뒤돌아보았다. 그곳

에는 그저 숲뿐이었다.

한밤중, 숲 한가운데 난 인적 없는 길.

여자는 이렇게 말하며 나무들을 바라보았고 말이 잦아들 무렵 그에게 시선을 옮겼다.

"조금 더 가면 시내가 나오고 갈림길에 주유소가 있어요. 하지만 상관없어요. 지금쯤 엄마가 집에 와 있을 테니까요."

"엄마, 엄마." 여자는 어린아이 목소리를 흉내 내며 욘을 놀렸다.

그는 소녀의 집에서 본 뮤직비디오 하나가 떠올랐다. 한 남성이 차를 운전하고 가수인 여성이 함께 타고 있었다. 장소는 외국으로 이탈리아에 있는 어떤 섬이었다. 그들은 오후 내내 운전하다 날이 어두워질 무렵 언덕 꼭대기에 커다란 집을 발견했다. 길은 점점 더 나빠졌고 차는 진흙에 빠지기 직전이었다. 진창에서 헛도는 바퀴 하나가 확대되었다. 고생 끝에 그들은 마지막 모퉁이를 돌아 언덕 위의 집으로 올라갔고 건물 외벽에는 '호텔'이라고 쓰인 낡고 찌그러진 간판이 걸려 있었다. 그곳은 으스스하고 주위에 아무도 없을 뿐 아니라 어디를 둘러봐도 전등 하나 켜 있지 않았다. 하지만 그들이 여행 가방을 들고 리셉션장으로 들어서자 유니폼을 입은 몇몇 사람이 그들을 마중하러 나왔다. 그 장면이 끝이었다.

"이 동네에 스노모빌이 있니?" 여자가 물었다.

"네, 있어요." 욘이 대답했다.

"그럼 왜 사용하지 않지? 눈이 많은 이곳에서는 누가 봐도 그게 더 실용적일 텐데. 하나도 안 보이네."

"전 잘 모르겠어요." 욘이 말했다.

"사용하지도 않으면서 왜 갖고 있어?"

그는 집 밖에 주차된 스노모빌에 관해 생각해 보았다. 스노모빌은 대개 방수 천막 아래에 세워진 채 항상 숲과 마주하고 있었다. 주인들은 한쪽 다리는 러닝 보드에 두고 다른 다리는 좌석 위에 무릎을 꿇은 채 시동 장치 코드를 잡아당겨 출발한 뒤 반쯤은 웅크리고 반쯤은 서서 숲 속으로 달려 나갔다. 때때로 밤중에 사람들이 스노모빌에 시동을 걸고 출발하는 소리나 다른 스노모빌이 집으로 돌아오는 소리에 잠을 깼다. 처음 몇 번은 스노모빌 소리가 기관총 소리 같다고 생각했다.

"많이 이용해요. 실제로 많은 사람이 그걸 사용해요. 하지만 우리 집엔 없어요. 비베케는 눈 속을 돌아다니는 일을 좋아하지 않거든요. 하지만 대신 제게는 스케이트가 있어요. 전쟁이 나기 전에 칼로틀로펫에서 우승한 할아버지도 알고 있고요. 할아버지가 타던 스케이트를 지하실 상자 안에 보관하고 있어요." 욘이 말했다.

"자, 이제 가 볼까요?" 톰이 말했다.

그가 문 쪽으로 성큼성큼 걸어갈 무렵 비베케는 화장실에 들러야 했다고 생각했다. 대부분 사람이 떠나고 거의 남아 있지 않았다. 내부에 전등이 환히 켜져 있었다. 벽은 거칠게 칠해지고 지저분한 데다 의자 등받이에 상하지 않도록 판자가 대어져 있고 그 판자를 따라 먼지가 쌓여 있었다. 톰은 걸어가 문을 붙잡아주며 거리를 이리저리 둘러보았다. 그녀는 한 손으로 코트 옷깃을 꼭 붙들고 다른 손으로는 장갑과 가방을 챙겼는지 확인했다.

몇몇 사람이 그들을 따라 나왔다. 문이 닫히고 그들이 터덜터덜 걸어가는 발소리가 들렸다.

차가운 바람이 그녀의 얼굴을 덮쳤다. 차도 가장자리에 눈이 수북했다. 길 건너편에는 밴 한 대가 제설차에 둘러싸인 채 덩그러니 주차되어 있었다.

그녀는 잠시 생각에 잠겼다. 들어 봐. 이렇게 말하고 싶었다. 얼마나 조용한지 귀 기울여 들어 봐. 그녀는 하늘을 올려다보았다. 더는 별이 보이지 않았다. 날씨가 흐린 게 틀림없어. 톰은 차를 향해 걸어갔다. 그의 목 쪽에 제대로 잘리지 않은 머리카락이 보였다.

"화장실에 좀 다녀와야겠어요." 그녀가 말했다.

톰이 멈춰 섰다. 그는 길게 숨을 내쉬었다. 그녀는 되돌아 안으로 들어가려고 했으나 문이 잠겨 있었다. 문을 두드렸다.

톰은 물러서서 길을 내려다보았다. 그의 어깨는 약간 둥글었다. 그녀는 목구멍에서 한기를 느꼈다. 보도를 마주하고 서 있던 차 한 대가 도로 안으로 후진했다. 흰색 후진등이 꺼진 상태로 움직이기 시작했다. 네모진 구식 경찰차였다.

바텐더가 팔을 뻗어 문을 붙들어 주었다. 그녀는 무슨 일이냐고 물었다. 비베케는 화장실을 좀 써야겠다고 말했다. 한동안 운전해 가야 하는데 깜빡 잊고 화장실을 다녀오지 못했다고 했다. 바텐더는 비베케가 설명을 마치기도 전에 고개를 끄덕이고는 그녀가 지나갈 수 있도록 옆으로 비켜섰다. 비베케는 바텐더가 톰을 바라보는 것을 감지했다.

열 가지 좋은 것을 생각하라. 그녀는 변기에 앉으며 자신에게 말했다. 바닥 타일은 초록색과 파란색으로 교차되었다. 싱크대 옆에 있는 휴지통은 윗부분까지 가득 찼고 바닥에는 종이 타월이 널려 있었다. 누군가가 종이 타월로 립스틱을 닦아 냈는지 입술 자국이 보였다. 그녀는 다시 한 번 머리를 빗었다. 얼굴 윤곽이 거울에 비쳤다. 나쁘지 않다고 생각하고 살짝 웃음을 지어 보였다. 이만하면 꽤 근사했다.

비베케가 돌아왔을 때 톰과 바텐더는 바 모퉁이에 서서 각자 앞에 작은 잔을 들고 조용히 이야기를 나누고 있었다. 비베케는 밴드가 연주하던 좁은 무대에 서 있었다. 그가 몸을 돌려 널 보게 해. 넌 정말 멋져 보이거든. 그들이 하는 말이 들리지 않았다. 그녀는 계단을 내려와 그들에게 다가갔다. 바텐더는 인사를 건네며 뭔가 마시겠느냐고 물었다. 비베케는 고개를 저었다. 속이 좀 메스꺼웠는데 담배를 너무 많이 피운 탓인 듯했다. 그녀는 톰 곁에 서서 바텐더가 가까운 호수에서 열린 얼음낚시 대회에 대해 이야기하는 것을 들었다. 슈토르바넷. 비베케는 직장에서 그 호수에 관해 들은 적이 있다. 고속도로에서는 보이지 않지만 분명히 반대쪽에 있는 것 같았다. 차들이 자주 세워져 있던 특정 장소가 있었고 그녀는 호수가 틀림없이 그곳에 있을 것이라 생각했다. 톰은 지그와 태클 그리고 다양한 기술을 설명했다. 그녀는 그가 얼음낚시에 그렇게 관심이 많은지 몰랐다.

그녀는 천장을 올려다보았다. 가운데에 반짝거리는 팬이 붙어 있었는데 움직이지 않았다. 천장 판자들은 검은 금속 테두리에 갈색으로 칠해져 있었다.

짧은 머리의 여자는 입을 다문 채 잠들어 있었다. 욘은 그녀의 이가 가짜일 것이라 생각했다. 그는 더 이상 피곤하지 않았고 이제 혼자서 무엇을 해야 할지 몰랐다. 지금 문을 닫고 있어. 너는 이제 다 컸단다. 그러니 어둠을 무서워할 필요 없어. 네가 두려워하는 것은 네 내면에 있단다. 욘, 에너지를 어디에 쓸지 결정해야 해. 계속 겁내고 싶다면 그렇게 될 거야. 그렇지 않다면 다른 뭔가를 생각해야 해. 지금 문을 닫고 있어. 잘 자렴. 그는 숲을 응시하고 있었다. 이제 눈이 어둠에 익숙해져 길가의 나무들이 또렷하게 보였다. 한동안 눈을 깜빡이지 않은 것 같았다. 그런 습관이 사라진 것 같다는 생각까지 들었다. 어쩌면 지금이 순간에도 사라지고 있는지 몰라. 그는 차 옆에 있는 눈밭에서 움푹 파인 모양들을 보았다. 그는 그것이 동물 발자국일 것이라 생각했다.

비베케는 두 사람을 술집에 남겨둔 채 문을 열고 밖으로 나왔다.

가로등은 이미 다 꺼져 있었다. 이곳에서는 한밤이면 모든 등이 꺼진다. 오직 네온사인만이 어둠 속에 빛나고 가게 창문과 은행에 걸린 광고 표지판을 밝힌다. 그녀는 빛이 없는 동안 모든 장소가 얼마나 다르게 보이는지 곰곰이 생각했다. 제목이 정확히 기억나지 않지만 언젠가 책에서 그런 현상에 관해 읽었다. 훗날 낮에 이곳을 다시 방문한다면 거의 알아보지 못할 것이었다.

코트 주머니에서 장갑을 꺼내 끼고 스카프로 목을 포근히 감쌌다. 그녀는 자신이 얼마나 너그러운 사람인지 톰이 알 수 있도록 그를 잠시 내버려 두기로 마음먹었다. 그는 나와 함께 그에게 필요한 모든 공간을 누릴 수 있어. 하지만 우리는 상대가 바라는 모든 것이 되어 줄 수는 없어. 그건 어느 누구도 할 수 없는 일이야. 지금 나는 저 술집에 머무르는 것보다 나를 더 많이 보여주는 셈이야.

그녀는 차를 향해 다가갔다. 바람이 불기 시작하더니 눈보라가 지면을 휘젓고 지나갔다.

처음에는 자동차 문이 잠겼다고 생각했는데 차체를 단단히 누르고 손잡이를 세게 당기자 문이 열렸다.

앞좌석 글로브 박스가 다시 열리려 하자 욘은 왼손으로 그것을 붙잡아 소리 때문에 여자가 깨지 않도록 막았다. 배고팠다. 그는 밤에 자주 일어나 밥을 먹는 습관이 있었다. 그의 방 밖에는 항상 불이 켜져 계단을 비췄다. 비베케가 불 끄는 것을 잊어버렸는지도 모르겠다. 그는 빵을 조금 썰어 뭔가를 바른 다음 모든 것을 제자리에 가져다 놓고 카운터에 떨어진 부스러기를 손으로 쓸어 싱크대에 버렸다. 그러고 나서 부엌 식탁 앞에 앉아 음식을 먹으며 창밖으로 길을 내다보았다. 그는 특히 눈이 올 때 그곳에 앉아 있는 일을 좋아했다. 라디오 볼륨을 낮게 줄이고 한밤의 쇼와 청취자들의 희망 음악, 라디오에서 흘러나오는 부드럽고 달콤한 목소리들을 즐겨 들었다.

욘은 여자를 쳐다보았다. 아직 자고 있었다. 그는 몇몇 영수증과 보험회사에서 온 문서들, 오른쪽 상단에 이동식 놀이공원 로고가 찍힌 서류들을 발견했다. 엽서도 있었다. 녹색 출입문이 온통 붉은 꽃으로 둘리고 창문에는 노란 꽃이 한 줄기 담긴 꽃병 그림이 그려져 있었다. 뒤쪽에는 그가 이해할 수 없는 언어로 쓴 글이 적혀 있었다. 그는 사물함 뒤에서 휴대전화를 발견했다. 순간 그것을 꺼내 집에 전화를 해 볼까 하고 생각했다. 비베케가 떠올랐기 때문이다. 지금쯤 그녀는 집에 와 있을 것이다. 케이크를 준비해 놓고 잠자리에 들었을 것이다. 그가 전화하면 그녀가 깰 것이다. 그녀는 통화를 별로 좋아하지 않는다. 나는 내가 누구와 통화하게 될지 알고 싶어. 만일 오후에 전화벨이 울리면 그녀는 욘에게 전화를 받게 했다. 그런 뒤에 누가 전화했는지, 목소리는 어땠는지, 그녀가 없다고 말했을 때 어떻게 반응했는지 자세히 물었다. 때때로 그녀는 조금 기다렸다가 확인하고 다시 전화하기도 했다. 다른 사람이 네 시간을 지배하게 하지 마. 욘은 휴대전화를 닫고 원래 자리에 돌려놓았다. 욘이 전화하면 그녀는 발신인이 누구였는지 궁금해할 것이다. 그가 자고 있다고 생각할 것이기 때문이다.

글로브 박스에 동전이 몇 개 있었지만 그는 여자가 언제 깰지 몰라 그것을 가져갈 용기를 내지 못했다.

차 안이 바깥보다 좀더 따뜻하게 느껴졌다. 밖에는 바람이 부는 듯했다. 그러자 바로 추위가 느껴졌다. 추위는 기대처럼 살금살금 천천히 오는 것이 아니라 이미 와 있었다. 추위가 그녀를 휘감고 있었다. 몸이 꽁꽁 얼어붙는 듯했지만 톰이 올 때까지 참고 기다리자고 자신을 다독였다. 그래, 여기에서 기다리자. 그 사람에게서 가까운 곳에서 조용히. 하지만 술집 입구와는 방향이 빗나가 있었기 때문에 그가 오고 있는지 아닌지 알 수 없었다. 그녀는 눈을 감고 억지로 몸을 뒤로 젖힌 채 휴식을 취했다.

그녀는 톰이 자신을 기다리게 하고 무슨 말을 전하려 하는지 궁금했다. 그녀의 한계를 알아보기 위해 시험하고 있는지도 몰랐다. 뭐라도 이해하게 되겠지. 하지만 현재 모습을 있는 그대로 이해하기를 바랐다. 그는 왜 말을 아끼고 있을까? 왼쪽 눈썹 위로 피로가 쌓이고 있었다. 그녀는 손가락으로 그 부분을 정확하게 찾아내 문질렀다. 이내 부드러워지자 손짓을 멈췄다.

톰은 소리 없이 돌아왔다. 그녀는 깜짝 놀랐다. 한참 기다려야 할 줄 알았는데 그가 벌써 돌아와 있었기 때문이다.

그는 그녀를 바라본 뒤 계기판, 뒷좌석, 바닥, 발, 기어 레버, 페달을 차례로 훑었다. 모든 것이 문제없이 제자리에 있는지 확인하려는 듯했다.

톰은 아무 말 없이 차 안으로 들어와 주머니를 가볍게 두드리기 시작했다. 비베케는 그들이 놀이공원에서 처음 만났을 때 그가 똑같이 행동한 것을 기억했다. 어떤 면에서 그녀는 이미 그를 많이 알고 있었다. 그가 결코 자신을 볼 수 없는 각도에서 그를 보았다. 그는 좌석에서 몸을 비틀어 뒷주머니를 더듬었지만 찾는 물건을 발견하지 못하고 다시 자리에 앉았다.

톰은 말없이 스웨터 안쪽의 셔츠 가슴 주머니를 한 번 더 두드려 보더니 자동차 열쇠를 찾아냈다. 그녀도 아무 말 하지 않았다. 그가 점화 스위치를 돌려 차를 출발시키자 그녀는 다시 눈을 감았다. 히터에서 강한 바람이 나왔다. 그는 도로 쪽으로 후진해 다시 기어를 넣은 다음 그들이 왔던 길로 차를 몰았다. 비베케는 아까 들른 카페의 불이 완전히 꺼진 모습을 보았다.

톰이 로터리를 통과하며 방향을 바꾸자 그가 앉은 쪽으로 그녀의 몸이 쏠렸다. 한 손으로 그의 좌석을 붙잡고서야 멈췄고 겨우 몸을 곧게 펼 수 있었다.

글로브 박스를 닫다가 그는 홈에서 노란 사탕을 하나 발견했다. 묶음에서 떨어져 나온 것 같았고 먼지가 달라붙어 있었다. 그는 껍질을 벗긴 뒤 사탕을 입에 넣고 빨아 먹었다. 버터 맛이 났다. 일정한 패턴에 맞춰 최대한 빠르게 각기 다른 손가락을 두드리며 그에 어울리는 손동작으로 라임을 만드는 방법을 배운 일이 떠올랐다. 딱딱한 표면이 가장 좋았지만 너무 큰 소리가 나지 않도록 자기 허벅지를 이용했다. 잠시 뒤 한 번에 양손을 시도했지만 더 느려질 뿐이었다. 속도를 높이는 데 집중하자 왼쪽 관자놀이에 압력이 가해졌다.

톰은 헤드라이트를 완전히 켰다. 그는 잠시 휘파람을 불더니 껌 한 통을 계기판 위로 건네며 그녀에게 씹겠느냐고 물었다. 그녀는 고개를 저었다. 그들은 이미 시내를 벗어나고 있었다. 그는 그와 놀이공원 남자 몇 명이 얼마 전에 한 일을 이야기해 주었다. 문을 닫기 직전 여자아이 몇몇이 놀이기구를 타고 있었는데 운행 시간이 끝나도 멈춰 세우지 않고 계속 돌리며 아이들을 놓아주지 않았다고 했다. 그는 한바탕 웃었다.

"너 지금 뭐 하고 노는 거니?"

여자의 목소리는 단호하고도 위풍당당해 욘은 그것이 진짜 그녀의 목소리인지 알 수 없었다. 그는 드럼놀이를 멈추고 여자를 올려다보았다. 그녀는 잠들었을 때처럼 머리를 뒤로 젖히고 앉아 있었다. 그를 곁눈질하는 여자의 눈은 좁고 길었다. 욘은 게임을 연습하고 있었을 뿐이라고 말했다. 여자는 더 이상 아무 말도 하지 않았다. 욘은 그녀에게 양손으로 치는 일이 얼마나 어려운지 말하고 실제로 보여 주었다. 다 마치고 나자 여자가 어떻게 생각하는지 궁금했다. 그녀는 그들 앞에 있는 도로를 응시하고 있었다. 그도 그녀를 따라 밖을 내다보았다.

그들이 숲 속을 통과하는 길고 평평하게 뻗은 길로 들어서기 전에 가파른 언덕에 이르자 멋진 경관이 잠시 펼쳐졌다. 비베케는 그 길을 잘 알고 있었다. 그곳은 지나칠 때마다 매번 더 짧게 느껴졌다. 끝없는 리본처럼 길게 펼쳐진 도로를 보고 톰의 기운이 솟구치는 것과 같았다. 순간 그는 속도를 올렸다. 헤드라이트 빛줄기가 어두운 곳에서 하얗고 넓은 원뿔 모양으로 퍼지고 앞에 뻗은 길은 계속 팽창해 나가는 듯했다. 《팽창하는 세계》. 그녀는 책꽂이에 꽂힌 과학책이 떠올랐다. 아직 읽어 보지는 못했다. 언제나 더 흥미를 끄는 소설이 널려 있었기 때문이다. 그녀는 때가 되면 그 책을 읽고 꼭 톰에게 이야기해 주리라 마음먹었다.

현대 물리학에 관해 아무것도 몰라도 그 책은 무척 흥미롭게 보였기 때문이다.

앞에서 다가오는 자동차의 빛 때문에 눈부셔 욘은 앞이 하나도 보이지 않았다. 그는 잠시 시선을 돌렸다가 눈을 찡그리고 다시 힐끗 쳐다보았다. 바퀴가 매우 크고 일반 자동차보다 차체가 더 높은 차였다. 분명히 군대 차량일 것이었다. 몇 초 뒤면 우리는 그 불빛에 휩싸여 발각될 거야. 그는 좌석에서 몸을 굽혀 머리를 무릎에 댔다. 침략자들이 여기에 와 있었다. 그들은 치명적인 레이저를 쏘는 스포트라이트를 가지고 있을 것이었다. 여자가 그에게 뭘 하고 있느냐고 물었다. 그가 대답할 틈도 없이 자동차가 휙 지나갔다.

"봤어요?" 톰이 말했다.

비베케가 무슨 뜻인지 물었다.

"방금 지나친 저 차 말이에요."

"네, 봤어요." 비베케는 그의 목소리가 갑자기 왜 그렇게 예민해졌는지 의아했다. "경찰차 같지는 않았는데요."

"안에 누가 타고 있었는데 못 봤어요?"

"둘이서 시간을 보내고 싶은 사람들이었나 보죠. 클래식 음악을 듣거나 하면서요."

여자는 욘을 쳐다보았다. 그는 굳은 표정으로 앞을 응시하고 있었다. 순간 여자는 욘을 다정하게 대하고 싶었다. 그가 너무 큰 짐을 지고 있는 것처럼 보였다. 그녀는 어떤 식으로든 간절히 그를 돕고 싶었다.

욘은 차량이 멀어지는 소리를 들었다. 그들은 상대의 말을 경청하듯 가만히 앉아 있었다. 짧은 머리를 한 여자가 입을 열어 내뱉었다.

"바보 멍청이."

여자는 담배에 불을 붙이고 단숨에 길고 깊게 빨아들였다. 그녀의 동작은 차분하고 정확했지만 손이 약간 흔들리고 있었다. 차 안은 다시 연기로 가득 찼다.

여자는 갑자기 시동을 건 다음 두 손으로 핸들을 꼭 잡고 도로 위에서 차를 돌렸다. 접지력을 확보하기도 전에 바퀴 하나가 눈 위에서 뱅그르르 돌았다.

비베케는 앞에 커브가 난 어두운 숲을 바라보았다. 그녀는 되돌아오기까지 시간이 얼마나 걸릴지 가늠해 보았다. 톰은 끝없어 보이는 곡조를 흥얼거리고 있었다. 후렴이 끝난 뒤에는 운전대에 집게손가락을 두 번 내리쳤다. 그녀는 그의 몸과 얼굴을 자세히 훑어보았다. 그의 입가에 치약이 말라 살짝 얼룩져 있었다. 지금까지 그것을 눈치채지 못했다. 그가 양치질한 시간을 떠올려 보니 그들이 떠나기 직전 트레일러에서 있었던 일이 분명했다. 그녀는 기분 좋은 나른함을 느끼고 마음 따뜻한 그에게 다가가 함께 잠들고 또 깨어나고 싶었다.

"그래서, 앞으로 당신 앞날은 어떻게 될 것 같아요?" 그녀가 물었다.

"나도 그걸 알았으면 좋겠어요." 그가 대답했다.

"대부분 책에는 시작된 이야기에 이어지는 2부가 있으니까요."

"내 삶도 그랬으면 좋겠어요."

"오늘 밤 이 이야기는 어떻게 될까요? 다음 장은 어떻게 진행되나요?"

톰은 한숨을 내쉬었다. 그는 입을 열었다 닫았다. 그러고는 이렇게 말했다.

"그쪽도 나만큼 잘 알 텐데요. 시작도 안 한 일을 계속할 수는 없는 일이죠."

침묵이 흘렀다. 비베케는 차라리 물어보지 말 걸 그랬다고 생각했다. 그녀가 직설적으로 말해 압박받고 침범당했다고 느꼈는지도 모른다. 그녀는 최근 자신이 사람들의 경계선을 인정하며 잘 지내왔다는 사실에 조금 화났다. 때로는 기회를 잡고 위험을 무릅쓰기도 해야 하는데 말이다.

"심지어 자신도 모르는 사이 내면에서 많은 일이 벌어지기도 하잖아요. 우연한 만남이 모든 것을 움직일 수 있으니까요. 이후 어떤 일이 벌어져 당신이 변하기 전까지는 그 사실을 깨닫지 못할 거예요. 그래서 항상 겸손해야 하고 사건의 전모를 파악하지 못했을 수도 있다는 사실을 명심해야 하죠."

그녀는 톰이 이를 악물고 있는 모습을 보았다. 그에게는 어딘가 모르게 길들여지지 않은 야생의 모습이 있었다. 충동 조절 능력이 부족했다. 그녀가 추운 데서 그를 기다리고 있다는 사실을 알면서도 바텐더와 이야기하려고 남은 태도만 보아도 그랬다. 어쩌면 그는 평형 감각을 잃은 사람일지도 모른다. 자신을 다잡으려고 꾸준히 노력하고 있는지 모른다. 그가 그렇게 획득한 통제력은 그가 고수해야 했던 그 무엇일지 모른다. 이렇게 생각하니 그의 내면에 있던 반대 요소들이 서로 화해하는 듯했다. 정신 장애와 지적 능력은 밀접하게 연관된다. 그녀는 트레일러에 있던 책을 떠올려 보았다. 그는 지금 지역 재건 프로그램의 하나로 놀이공원을 따라 여기저기를 여행하고 있는 셈이었다. 흰가발을 쓴 여자도 어딘가 모르게 수상쩍었다.

그녀는 길가의 야광 막대들을 눈으로 좇았다. 그 사

이의 균일한 공간이 마음속에서 일정한 리듬을 만들어 냈다.

그녀는 자신이 혼자라는 생각에 강해져야 한다고 다짐했다.

머리가 짧은 여자는 그에게 장난치지 말고 똑바로 앉아 있으라고 타일렀다. 욘은 그녀가 담배를 세고 멋지게 빨아들이는 모습을 유심히 지켜보았다. 이제 여자는 그에게 담배를 피우겠느냐고 묻지도 않았다. 욘은 어쩌면 그녀가 정말 남자가 아닐까 생각해 보았다. 코가 유난히 컸기 때문이다. 바지 윗부분이 불룩 튀어나와 있는지 보려고도 했다. 하지만 성별이 확실히 뭐라고 말할 수 없었다. 흰 스웨터가 허벅지를 가리고 있었기 때문이다. 그녀의 가슴도 확인할 수 없었다. 그는 그녀에게 유방이 있다면 틀림없이 매우 작을 것이라 생각했다. 여자는 그에게 무엇을 그렇게 뚫어지게 보고 있는지 물었다. 어쩌면 욘 자신이 물었을지도 모른다. "아무 생각 안 했어요." 욘은 이렇게 대답하고 자신의 손과 손가락을 차례로 내려다보며 핸들 위에 올린 그녀의 손과 비교해 보았다. 그는 그것들이 진짜 자신의 손과 손가락인지 알 수 없었다.

그들은 커브를 돌아 불이 환하게 켜진 도로 한가운 데로 나와 다시 마을로 향하는 옆길로 들어섰다. 오른 쪽에 빨간색, 노란색, 초록색, 파란색, 보라색, 주황색 등 화환 같은 전구들이 축 늘어진 활 모양을 하고 하늘의 어둠을 배경 삼아 선명하게 빛나고 있었다. 그녀가 어릴 때 가지고 있던 구슬 목걸이 같았다. 그러자 갑자기 구슬이 떠올라 그것들이 잘 있는지 알아보려고 호주머니에 손을 넣었다. 구슬은 더 이상 차갑지 않았다. 그녀는 그중 하나를 꺼내 그가 눈치채지 못하도록 조수석 뒤 조그만 틈으로 슬쩍 밀어 넣었다. 그가 알아채지 못하더라도 이제 그녀의 작은 일부가 그와 함께할 것이다. 그가 언젠가 구슬을 찾는다면 나를 기억해 주겠지.

그들은 의회 사무실을 통과했다. 그녀의 사무실은

다른 쪽을 향하고 있어 도로에서 창문이 보이지 않았다. 그는 속도를 늦추며 차를 세웠다.

"어느 쪽인지 말해 줘요. 내려 줄게요."

그녀는 잠시 생각을 멈췄다.

그는 계속해서 시동을 켜 두고 있었다.

"그냥 이 길을 죽 따라가면 돼요." 그녀는 그를 자극하지 않도록 부드럽게 말했다. "멀지 않아요."

욘은 우주선이 우주로 돌진할 때의 순전한 가속력에 의해 좌석에서 뒤로 밀려나는 척했다. 그가 여자를 올려다볼 때쯤 그녀의 턱 근육이 조였다 풀렸다. 그는 도로를 뒤돌아보았다. 흰 눈 표면에 헤드라이트 빛줄기가 반사되었다. 그는 자동차를 로봇이라 생각했다. 무슨 일이 일어나도 로봇은 집으로 가는 길을 찾을 수 있도록 프로그래밍 되어 있을 것이었다.

차가 소음을 내며 슈퍼마켓과 버스 정류장을 느리게 지나치는 동안 비베케는 창밖을 응시했다. 그리고

속도계를 흘깃했다. 톰이 천천히 운전해서가 아니라 조금 전까지 너무 빨리 달려서 느리다고 느끼는 것이었다. 그녀의 눈은 그가 앉은 창 너머로 보이는 불 꺼진 집들, 도로에 주차된 차들, 창문마다 드리운 커튼을 향했다. 현관문 앞에 꼼짝 않고 서 있는 개 한 마리가 보였다. 개는 문 안으로 들어가고 싶다는 듯 손잡이를 뚫어지게 쳐다보고 있었다. 왜인지 그녀는 그 개가 한참 기다린 것 같다고 생각했다.

톰은 차를 멈춰 세웠지만 시동은 끄지 않았다. 그녀는 창문 너머를 바라보았다. 거실에 불이 희미하게 켜져 있었다. 그녀는 그것이 복도에 켜진 등이라는 사실을 알았다. 그쪽 외에는 창문이 모두 어두웠다. 새삼 그곳이 매우 공허해 보였다. 식물을 키우면 하나같이 눈앞에서 죽어갔다. 선택할 폭이 좁다고 투덜대며 커튼 재료도 사지 않았다. 사실 커튼에는 별로 신경 쓰지 않았다. 커튼이 방의 라인을 가렸기 때문이다.

"여기보다는 안에서 보는 게 훨씬 멋져요."

그녀는 그를 두려워하지 않았다.

톰은 아무 말 없이 의자 앞으로 몸을 약간 기울이고 앉아 고개를 숙인 채 핸들을 응시하고 있었다. 그가 몸을 돌려 그녀를 쳐다보았다.

"또 하루가 시작되기 전에 들어가서 좀 자야죠."

그녀는 배려와 존중을 담아 그를 바라보았다. 그는 겉보기보다 자제력이 강한 듯했다. 그녀는 그를 찬찬히 쳐다보았다. 시선이 마지막으로 한 번 그의 얼굴을 지나 숱이 유난히 많은 머리카락으로 옮겨갔다.

"조심해서 돌아가요. 정말요." 그녀가 말했다.

빈말이 아니라 진심이라는 것을 그가 느끼도록 그녀는 단어 하나하나에 힘주어 말했다.

그는 희미하게 미소 지었다.

그녀는 안전벨트를 찰칵하고 풀었다. 그리고 검은 플라스틱 손잡이를 찾아 잡아당겼다. 딸깍하는 소리와 함께 자물쇠가 풀렸다. 그녀가 문을 열고 문밖으로 다리를 내밀자 종아리와 허벅지에 차가운 밤공기가 끼쳤다. 차체가 높아 발이 땅에 닿을 때까지 한참 아래로 미끄러져 내려가야 했다. 그녀는 몸을 비틀어 차 안에 기대며 다리를 뻗는 공간에 놓인 가방을 집어 들었다. 그는 전방에 있는 도로만 내다보고 있었다.

그녀는 겨우 문을 닫았다. 톰이 몸을 굽혀 문을 다시 열고 제대로 닫았다. 그가 몸을 다시 뒤로 젖히기 전에 둘의 눈이 마주쳤다. 기어를 넣자 차는 부드럽게 나아갔고 그가 발을 내려놓자 곧바로 달리기 시작했다.

비베케는 집으로 터벅터벅 걸어갔다. 그리고 잠시 멈춰 서서 그가 떠난 방향을 돌아보았다. 빨간 미등이 그들의 장밋빛 흔적을 눈 속에 아련히 남기고 있었다. 길이 다시 고속도로로 이어진다는 사실을 아는 듯 그는 차를 돌리지 않고 곧장 북쪽으로 향했다. 전에 이곳에 와 본 적 있는 듯했다. 그녀는 그를 이해하지 못했다. 그의 눈은 매우 영리했다.

가방을 열고 잠시 뒤적이는 사이 손가락이 얼음처

럼 차가워졌다. 그제야 열쇠를 코트 주머니에 넣어 두

었다는 사실이 떠올랐다. 그녀는 열쇠를 꺼내 들었다.

그들은 작은 숲을 지나 주민 센터와 운동장으로 통하는 길을 따라 의회 사무실 안쪽으로 향했다. 욘은 그것이 숲이라기보다 자작나무 몇 그루에 지나지 않는다고 생각했다. 놀이공원 조명이 여전히 켜진 채 어두운 밤에도 형형색색으로 밝게 빛나고 있었다. 욘은 그것이 우주에서 온 이들이 지구에 구축한 식민지처럼 보인다고 생각했다. 그 빛은 침입자들의 살인 광선으로부터 사람들을 보호하는 방패인 셈이었다. 여자가 눈 더미 옆으로 차를 후진하고 히터만 켜 놓은 채 엔진과 헤드라이트를 껐다. 그녀는 담배를 한 대 더 물고 불빛을 바라보며 태연하게 연기를 내뿜었다. 어딘가 모르게 슬퍼 보였다. 전구가 다양한 색으로 눈 위를 물들였다. 그는 그 얼룩이 어떻게 보일지 생각했다. 만지려는 순간 그것들은 사라지고 말겠지.

"다 피우고 집에 데려다줄게, 알겠지?"

여자가 희미하게 미소 지었다. 욘은 그녀가 웃을 때마다 슬퍼 보인다고 생각했다. 그는 몸을 빙 돌려 뒤쪽 창문으로 밖을 유심히 내다보았다. 그곳에는 자작나무가 더 많았고 여기저기에 전나무가 보였다. 쇼핑백과 빈 맥주병 몇 개가 눈 속 얕은 구덩이에 널려 있었다. 쇼핑백 가장자리는 불타 검게 그을려 있었다.

비베케는 전화기 옆에 있는 의자 위에 코트를 걸쳐 놓고 화장실에 들어가 변기에 앉았다. 그녀는 팔꿈치를 무릎에 받치고 몸을 숙였다. 인생은 너무나 멋지고 이상야릇하다는 생각에 실소를 머금으며 머리를 흔들었다.

다른 차 한 대가 시의회 건물 안쪽으로 향하더니 의회 건물과 주민 센터 사이로 빠져나갔다. 그들이 마을로 돌아오기 전 도로에서 본 것과 같은 커다란 사륜구동 차량이었다. 차는 놀이공원 입구 옆으로 달려오더니 멈춰 섰다. 운전자가 전조등과 엔진을 껐다. 검은 가죽 재킷을 입고 금발이 곱슬곱슬한 남자가 차 밖으로 내려왔다. 남자는 문을 닫더니 다시 한 번 열고 닫았다. 그는 잠시 머뭇거리고는 어느 순간 고개를 돌렸다. 욘은 그가 자신을 똑바로 보고 있다고 생각했다. 이윽고 그는 자리를 떠났다. 경쾌한 발걸음으로 가볍게 뛰다시피 했다.

남자는 출입구로 들어가 놀이기구 사이에서 사라져 어둠 속으로 자취를 감췄다.

여자가 작은 통 안에 담배를 비벼 껐다. 통은 담배 꽁초와 재로 가득했다. 그녀는 고개를 거의 돌리지 않은 채 한쪽 눈으로 욘을 곁눈질했다. 마지못해 바라보는 듯했다. 욘은 자기가 또 침을 흘리는지 손으로 더 들어 보았다. 눈을 깜빡이고 있다는 사실은 알았다. 욘은 그렇게 하지 않으려고 애썼다. 입에서 침은 흘러나오지 않았다.

여자는 지금쯤이면 그의 어머니가 집에 와 있을 것 같다고 말했다. 그녀는 그것을 직감할 수 있다며 확신에 찬 소리로 말했다.

"집까지 데려다줬으면 좋겠니?"

욘은 여자의 목소리를 듣고 그녀가 자신을 데려다주고 싶어 하지 않는다는 사실을 알았다.

"그냥 걸어갈게요. 별로 멀지 않고 가는 길도 알거든요." 그가 말했다.

"정말이지?" 그녀가 물었다.

욘은 정말 괜찮다고 말하고 차에서 내렸다. 그녀는 허리를 굽혀 조수석 문을 잠근 다음 밖으로 나와 운전석 문도 잠갔다.

잠시 모든 것이 고요했다.

그들이 차에서 내려 걷자 발밑에서 눈이 사각거렸

다. 그녀는 그동안 말동무가 되어 줘서 고맙다며 잠시 머리를 옆으로 약간 기울인 채 욘을 세심히 살펴보았다. 그리고 돌아서서 황량한 놀이공원을 가로질러 조금 전 사라진 남자와 같은 방향을 따라 불 켜진 입구로 들어갔다. 여자가 트레일러 뒤로 사라질 때 그녀의 손에 들린 흰 가발이 땅에 끌리고 있었다.

욘은 연속적으로 둔하게 울려 퍼지는 쿵쿵 소리가 나도록 발을 동동 구르며 걸었다. 그가 잠시 멈추자 주변의 고요가 더욱 분명해졌다. 그는 날씨가 추우면 소리가 더 커지는지 알고 싶었다. 날씨가 매우 추워지면 소리로 행성을 폭발시킬 수 있을지 궁금했다.

그는 눈 위로 자동차 바퀴 자국이 난 길을 따라 의회 사무실과 슈퍼마켓 사이를 가로질렀다. 자신이 방금 지구에 착륙한 듯한 상상에 빠져들었다. 모든 사람이 죽어 있었다. 살인 광선에 살해당한 것이다. 그는 건물 사이를 급히 달려 도로 방향으로 뛰어갔다. 귀끝이 차가웠다. 털모자를 어딘가에 둔 것이 분명했다. 나왔을 때는 분명히 모자를 쓰고 있었기 때문이다. 그는 귀에 두 손을 대고 녹였다. 나무와 숲을 보지 말자고 마음을 다잡았다. 그가 혼자 있을 때마다 누군가가 그곳에 같이 서 있는 것처럼 느껴졌기 때문이다.

비베케는 침실로 들어갔다. 자명종을 맞추면서 작은 덮개를 열고 스위치를 켜 놓았다. 그녀는 지금이 정확히 몇 시인지 확인하지 않으려고 애썼다. 현재 시각을 알면 몇 시간 더 잘 수 있을까 하는 생각에 잠 못 이룰 것이었다. 그녀는 시계를 바닥에 내려놓았다. 블라인드는 이미 온종일 내려져 있었다. 그녀는 자신을 재우려는 듯 눈을 감은 채 옷을 벗었다. 침대에 누운 뒤 이불을 당겨 상체와 다리를 단단히 감쌌다. 마음을 가라앉히고 깊이 심호흡하는 데 온 힘을 모았다. 전에 다니던 직장에서 배운 기술이다. 발가락에서 시작해 신체 부위 하나하나를 거쳐 위로 올라가며 의식적으로 긴장을 푸는 방식이었다. 머리가 이완될 즈음 잠이 쏟아졌다. 건축과 출신 엔지니어의 갈색 눈이 잠시 눈앞에 어른거렸다.

욘은 소녀들이 사는 집 밖에서 잠시 멈췄다. 위층 현관문에서 들여다보았던 방이 틀림없다고 생각하고 그 방 창문을 올려다보았다. 커튼이 젖혀져 있었지만 캄캄했다. 침대 머리맡에 있는 램프가 분명히 꺼져 있었다. 눈을 돌려 다시 쳐다보았지만 그를 바라보는 사람은 아무도 없었다.

길 건너편에는 몇몇 집을 지나 숲으로 들어가는 길이 나 있었다. 오솔길을 따라 백 미터쯤 가면 야간 조명이 켜진 산비탈이 나왔다. 그곳에서 어린아이들은 베이비 스키가 진짜 스키인 양 신나게 타고 놀았다. 욘은 얼마 전 같은 반 아이와 그곳에 갔다. 친구는 누군가의 스노모빌을 연결하는 썰매 트레일러를 허락 없이 빌렸다. 열 명 정도가 그 위에 올라타 언덕에 부딪히고 눈 속으로 굴러 떨어지며 목도리와 옷깃 안으로 얼음 덩어리들이 들어올 때까지 언덕을 질주해 내려왔다. 지금도 누군가가 그곳에 있을 것만 같았다. 그는 인근 주택들 뒤쪽 제방으로 올라가 언덕을 구경하기로 했다. 그러면 자신이 돌아갈 때쯤 엄마가 집에 와 있을 거라고 중얼거렸다.

귀와 이마가 떨어져 나갈 듯 추웠다. 그는 제방 위에서 숲을 바라보았다. 앞에 있는 야간 조명이 비탈을 비추고 있었다. 사람들 목소리가 들리리라 생각했지만 그곳에는 아무도 보이지 않았다.

불빛을 받은 눈은 황색과 청동색을 띠고 있었고 움푹 패어 그림자가 드리운 곳은 칠흑같이 어두웠다. 조금도 무서워 보이지 않았다. 주위의 숲은 고요했다. 욘은 야간 조명이 있는 곳으로 간다면 그동안 자신이 두려워해온 일을 극복한 것이나 다름없다고 생각했다.

그는 눈이 그대로 남아 있는 곳만 밟으며 발자국과 스키 자국 사이로 걸었다. 기차처럼 소리가 나도록 리듬을 넣어가며 숨을 쉬었다.

고개를 들어 보니 겨우 반밖에 오지 않았다. 생각보다 멀리 있는 듯했다. 그는 오르막길이 나타나기 전에는 결코 앞을 쳐다보면 안 된다고 되뇌며 묵묵히 걸었다.

가파른 마지막 비탈을 오르며 멋진 전망을 보기 위해 정상에 오를 때까지 참았다. 다리가 저려왔다. 외투 안으로 차가운 바람이 스몄다. 예전에 입던 외투는 끈이 달려 꼭 여밀 수 있었지만 지금 입은 것은 달랐다.

그는 마침내 꼭대기에 올라 사방을 둘러본 뒤 마을 너머를 바라보았다. 가로등들이 납작하게 원형을 이루며 어둠 속에서 반짝이고 있었다. 마을은 아주 멀리 떨어져 있는 것 같았다. 그는 문득 자신이 그곳에서 살아야 한다는 사실이 이상하게 느껴졌다. 가로등 불빛이 다른 행성을 둘러싼 고리처럼 매우 낯설어 보였다. 그는 집에 가고 싶었다. 몹시 추웠다. 혹독한 공기가 살을 에는 듯했고 얼굴이 뻣뻣해졌으며 손가락과 허벅지도 마찬가지였다. 이제 집에 돌아가야 했다. 한편으로는 마음껏 눈을 깜박이며 이곳에 더 머무르고 싶기도 했다. 만일 돌아가는 길을 찾지 못하면 어쩌지? 산비탈 꼭대기의 야간 조명 아래 홀로 남겨졌다는 두려움이 그를 덮쳤다. 어느 누구에게도 띄지 않는 그 주위로 흰 눈 위의 어두운 얼룩들만 어른거렸다. 그는 절대 돌아서지 않겠다고 마음먹었다. 산 너머 오솔길은 숲 속으로 구부러지다가 언덕 쪽으로 뻗어 있었다. 지금 돌아서면 그들은 그를 낚아챌 것이다. 그러면 다시는 집으로 돌아가지 못할 것이 분명했다.

그는 언 땅에서 미끄러져 넘어지지 않도록 조심하면서 왔던 길을 내려갔다. 돌아보지 않고 침착하게 나아갔다. 네가 무서워하는 모습을 들키면 안 돼. 그들이 겁먹은 걸 알아채고 네게 덤벼들 거야. 다행히 그들은 어둠 속에 있어 그가 눈을 깜빡이는 모습을 볼 수 없었다. 그가 마음속으로 일정하고 강렬하게 기차 소리를 내는 순간 허벅지로 오줌이 흘러내렸다. 그는 아무도 눈치채지 못하도록 망설임 없이 서둘러 걸었다.

반대쪽 제방 아래에 다다르자 그는 안전한 평지 도로를 향해 달리기 시작했다. 다리가 마음처럼 빨리 움직여 주지 않아 발에 팬 땅에 걸려 비틀거리다 곤두박질쳤다. 순간 그는 충격을 줄이려고 앞쪽으로 손을 뻗었다. 누군가가 그의 다리를 움켜쥐는 듯해 몸을 꿈틀거리며 손가락으로 눈을 긁었다. 그는 발을 동동 구르며 다시 길가로 나오다 다시 비틀거렸다. 하지만 더는 문제되지 않았다. 이제 안전했다.

그는 몸에 묻은 눈을 털고 곧장 집으로 걸어갔다.

길모퉁이를 돌아 나오자마자 뭔가 눈에 띄었다. 그는 멈춰 섰다. 비베케의 차가 없었다. 이제 어쩌지? 그가 걱정한 대로 그녀는 사고를 당한 것이 틀림없었다. 지금 길에 죽은 채 누워 있을 텐데. 그리고 누군가 그를 집에 들여보내겠지. 그는 그것이 어떤 상황일지 그려 보려 애썼다.

이제 자정이 넘었을 것이다. 오늘은 그의 생일이었다. 아홉 살이 된 것이다.

그녀가 마을에서 집으로 돌아오는 길에 사고가 났을 테니 모두 그의 잘못인 셈이었다.

그의 생일이 아니었다면 모든 것이 전과 같았을 것이다. 그는 모두 문제없다는 사실을 확인하면 다시는 생일을 생각하지도 않을 것이라 다짐했다. 선물도 필요 없었다. 눈 깜빡이는 것을 멈추고 숨 참는 연습을 계속하고 싶었다.

그는 진입로를 올라 현관에 다다랐다.

서리가 덮인 금속 문손잡이에 혀를 대 보고 싶은 충동을 느꼈다. 그는 무슨 일이 일어날지 곰곰이 생각했다. 살갗이며 피. 그는 학교에서 누군가 그런 것들을 이야기하는 소리를 들은 적 있다. 그는 문손잡이에 혀를 대지 않기로 마음먹었다. 숨을 참고 비베케의 차 소리가 나는지 귀를 기울였다. 집으로 오는 길인데 어떤 문제가 생겨 늦는 거겠지.

고속도로에서도 아무런 소리가 들리지 않았다. 조금 전부터 몸이 차갑게 얼어붙기 시작했다. 발가락부터 발, 종아리, 허벅지, 엉덩이, 뺨, 입이며 손까지 온몸이 얼었다. 더는 감각도 없었다. 자신이 진입로에서 치운 눈 더미를 발로 차 보았지만 작은 덩어리 몇 개가 떨어져 나와 구를 뿐 아무 일도 일어나지 않았다. 그는 그중 하나를 집어 들었다. 손안에 온기가 돌았다. 그는 눈덩이를 베어 물고 이 사이로 으스러뜨렸다.

주저앉았다. 피곤이 밀려왔다. 온종일 농구를 한 것처럼 팔다리가 통나무처럼 무거웠다. 조금 있으면 그녀가 돌아올 거야. 그는 땅에 귀를 대고 소리를 들어 보았다. 아주 멀리서도 그녀의 차 소리를 알아차릴 수 있기 때문이었다.

바퀴가 눈을 뚫고 굴러가는 모습이 보였다.

차바퀴가 눈 쌓인 선로 위를 굴러가고 있어. 그건 기차니까. 그는 중얼거렸다. 기차는 빛나는 빨간 엔진을 움직여 도로를 지나 마을을 통과하고 있었다. 그녀가 기차를 타고 와 그를 데려가겠다고 하지 않았는가? 함께 어디론가 가겠다고.

지금 들리는 소리는 기차의 기적 아닐까? 저 짧고도 경쾌한 폭발음. 맞아, 기적이야. 이제 조금 있으면 기차가 올 거야.

그는 배를 깔고 바닥에 누워 잠들었다. 머릿속에서는 모든 것이 어둡고 거대하며 고요했다.

그는 여기에 누워 그녀를 기다릴 것이다.

옮긴이 함연진

서울대학교 영어교육과를 졸업하고 동 대학원 영어영문학과 석사학위와 고려대학교 문학박사학위를 받았다. 예일 대학교 객원 연구원을 거쳐 현재 호서대학교 영어 영문학과에 재직하고 있다. 주요 번역서로《한의 얼을 찾아서》《헨리 제임스 단편집》(공역) 등이 있으며, 저서로《세계문학 산책》《이미지와 상상력-그리스 로마 신화를 찾아서》《영미 모더니즘 문학의 전개》(공저)《헨리 제임스와 호손》《미국소설사》(공저)《매주 떠나는 문학기행》등이 있다.

아들의 밤

초판 1쇄 발행 2019년 5월 28일

지은이 한느 오스타빅
옮긴이 함연진

디자인 여만엽
마케팅 이삼영

펴낸곳 도서출판 열아홉
발행인 함초롬
주소 서울시 종로구 효자로 7-2 오리온빌딩 302호
전화 02-720-1930
팩스 02-720-1931

종이 월드페이퍼(주)
인쇄·제본 현문자현

*《아들의 밤》은 노르웨이어 원문《Kjærlighet》의 영문 번역판《Love》를 우리말로 옮긴 책입니다.

ISBN 979-11-966124-2-9 03890

이 도서의 국립중앙도서관 출판예정도서목록(CIP)은
서지정보유통지원시스템 홈페이지(http://seoji.nl.go.kr)와
국가자료공동목록시스템(http://www.nl.go.kr/kolisnet)에서 이용하실 수 있습니다.
(CIP제어번호: CIP2019015959)